그대 홀가분한 길손으로

그대 홀가분한 길손으로

손경하 시집

산지니

自序

　첫 시집을 낸지 어언 30년이 지났다. 1953년 『신작품』 동인 활동으로부터 62년이란 세월이 흘러가 버렸다. 그러고 보니 내 나이 이제 90을 바라보게 되었다. 교직 틈틈이 쓴 많지 않은, 함량 미달의 내 시를 읽어 주던 좋은 친구, 문우들이 거의 저세상으로 가 버리고 없다.

　요즘 젊은이들이 시를 읽지 않는다고 한다. 몇 줄 시를 암송하고, 시인처럼 깨끗하게 사는 것을 자랑과 멋으로 여기던 시대가 있었다. 사회 지도층이나 정치인이 시인처럼 살면 더 살맛나는 세상이 안 되었겠냐고 말하는 사람도 이제 보기 드물게 돼 버렸다. 한국시인협회 시선집에 실린 내 졸시 한 편이 맘에 든다며 국군의 신문에 싣겠다고 양해를 구하던 편집인과 그 시를 읽었을 그 장병들은 모두 고향으로 돌아갔을까.

이 시집이 나오는 데 원고 정리 등 수고를 해주신 부산대 이순욱 교수와 발문을 써 준 내 딸 손나리 교수, 표지화를 그려 준 서울예고 내 외손녀 차연서 양에게 감사를 전한다. 마지막으로 가난한 교직과 시와 낚시질밖에 모르던 남편을 도와 한평생을 보낸 내 아내와 돌아가신 내 어머님께 이 시집을 드린다.

2015년 8월
손경하

| 차례 |

自序 005

1부

귀로 1 013

미아 014

반딧불이 016

미망未忘 018

여울 020

원경 022

스냅 024

인동忍冬 025

노을 026

고무풍선 028

한 일 030

부재不在 032

불귀不歸 034

귀로 2 036

무제無題 038

질항아리 040

그대 홀가분한 길손으로 042

뒷모습 044

2부

다시 사월에　047

대춘待春　048

세존도　049

피오르드　050

해변에서　052

그림자　054

누더기　056

풍문風紋　058

사라진 아르메르 읍邑　060

해운대　062

한의 바다　064

농무濃霧　066

건망증　068

자유　070

선의善意의 꽃을　072

쓰나미　074

3부

안개소묘 077

출항 078

잠적 080

출타 082

산행 084

서른여섯 살의 사나이 086

묘비명 088

다시 광주에 090

자갈치에서 092

민들레 093

할미꽃 094

달빛 096

미미 김에게 097

통한의 만남 100

낙인 102

꽃모자 104

4부

거울 앞에서   109

경고   110

실종   112

목마른 사막   114

거미   116

아파트   118

보복   120

곤돌라   122

낙동강   124

민들레 꽃씨   126

을숙도   128

갇힌 바다   130

캐나다 이민   132

고발   134

생전에   136

공범자   138

육교 위에서   140

쓰레기 묘지   142

해설: 망각과 미망 사이
-손나리(서울시립대학교 연구교수)   143

1부

귀로 1
—사라지는 풍경

아름다운 것은
모두 앗아가 버리고
사위어 가는 모닥불처럼
잔해만 타고 있는
저녁놀……
저 멀리
눈 감는
갈밭
시린 무릎 아래
땅거미가 고여 오고
늦게 귀소하는
안쓰런 새 몇 마리
동공 깊숙이 추락하고 있다.

미아
—치매

컴퓨터 바이러스가
입력된 기억을 망가뜨리듯
불명의 촉수로
인간은 하루에도
재생 불능의 뇌신경세포가
10만 개나
미세한 거품 꺼지듯
죽어간다고——
그러니
평생을
꿀벌처럼 축적한 우리들의 기억도
황폐화할 수밖에,
——마른버짐처럼 번져가는
뇌세포의 사막
그 지평 어디선가
오아시스처럼
아름다운 추억만
더러 살아남아서

선명한 영상으로
일렁이는 황홀한 과거……
──폐쇄된 미래
입력 불능의 생소한 현재의
그 단절된 회로 사이를
뒷걸음치며
홀로 배회하는
늙은 미아──.

반딧불이

산골짜기서 내려온 어둠이
마을에 그득 실린다
무자치가 지나간 무논에
별들이 눈을 비비는 동안
개구리 울음이 잠시
아득해진다
매운 모깃불 서린
어스름 저녁 언저리
땀내 헹군 그림자가
인기척을 내며
엇갈리는 골목 어귀
나를 놀래 준 허깨비 같이 산발한
키 큰 가죽나무는
돌담 너머
호롱불 숨소리를 엿듣고 있었다
어디서 한참 개가 짖어대고……
상피 붙었다는 뜬소문이
반딧불이와 함께

초가지붕을 넘나들고 있었다

그들은 지금

다 어디 갔을까

미망 未忘

방학이면
으레 돌아왔었지
그대로 둔 방
손때 묻은 책과
귀여운 인형들이
눈 깜박 않고
기다리고 있는데……
(이제 그 주인들은
방학이 없어졌지)
낯선 서울로
큰애 처음 떠나보내던
그날 새벽 플랫폼……
글썽이던 아내가 나직이
〈이제 우리 품을 떠나가네요……〉
그렇게 인간의 은밀한 이별은 시작되고
질긴 몇 올 정의 색실
끊어져 나부끼던
내면의 빈 하늘로

기러기처럼

모두 짝지어

떠나가 버리고…….

여울

시혜처럼 따사한 겨울
어느 토요일 오후의
광복동 거리——
눈부신 여울 같은
인파 속에서
〈여 오래간만이오!〉
느닷없이 손을 내미는
백발이 성성한
어쩌다 기억 속에 묻혔던 친구
〈어, 아직 살아 있었나!〉
파안대소……
멋대가리 없는
이 대화를 곁눈질하며
은어 떼처럼 반짝이는
내 귀여운 청춘들은
소용돌이치며 흘러가고……
그래 그래
쌀에 뉘로 남은 우리를

빛바랜 가구처럼
갓길에 세워 놓고
같잖은 세상이 싫었나
좋은 벗들은 하나둘……
기별도 없이 저승으로 떠나고——.

원경

내 유년의 귀가처럼
저녁 나직한 하늘 저으며
새들이 돌아가고 있다······
저 확신에 찬 방향감각
그 설렘도 없이,
먼 해협을 돌고 돌아
수만 갈래 물길 더듬어
모천 찾아가는 연어
그 뇌리에 입력된
투명한 물빛 일렁이는
그런 선명한 기억도 없이,
비틀거리며 달려온
내 미로의 생애
그 혼미한 길 위에
하마 노을이 진다
내 잠시 깃들다 갈 이승
더러 가슴 달구던
갈등과 애증도 사그라져

이제사 아름다운 꽃밭으로
아물아물 저무는 저 원경…….

스냅
—간이공원

빌딩 너절한 뒷골목
낮술 거나한 늦가을 햇볕이
노숙자처럼 누웠다가
슬며시 자리를 뜬 다음
네온사인 이마에 걸고
초저녁 주점 가슴 가득히
따스한 불을 켜든다
여기저기 앉고 선
내 손주 또래들
풀벌레 교신 같은
휴대폰 약속의 벨소리……
여기는 이승 "만남의 장소"
길섶 간이공원 벤치
휴지처럼 구겨져 앉은
기다릴 이 아무도 없는 늙은이의
가슴 깊은 수렁으로
가로수 남은 마른 잎 몇 잎
떨어져 내리고 있다.

인동忍冬

눈이 내리고 있었다
겨울 보리
속눈썹이 하이얗게
세고 있었다
불타는 소리로
바람이
저문 산야를 뒤흔들고……
청솔가지 태우는 연기가
부나비 같은 눈을
밀어내고 있었다
동천冬天에 묻은
언 눈짓들이
갈가마귀의 어지러운 노래로
흩날리고 있었다.

노을
―동물의 세계

저만치서
힐끔 한 번
뒤돌아보고는
제 무리를 퇴출하는
조금은 섭섭한 듯
풀이 죽은
이 빠진
늙은 수사자――
그 몰골 새끼들이
물끄러미 보다가 다시
피 묻은 먹이를 뜯는다.
한때는
사나운 이빨 위에
온 산야를 놓고 흔들던
우람한 포효는
아득히 저무는
광야에 묻고……
이제 탈진한 육신 널

적막한 덤불 찾아가는
그 뒷모습을
아름다운 노을이
고개 끄떡끄떡 지우고 있다.

고무풍선

내 어릴 때
파아란 하늘 높이
놓친 풍선처럼
가물가물
사라진
꿈과
부
모
형
제……
아,
이제 나도
저 멀리 허공 속을
하늘하늘
떠 흘러가며
내 사랑하는 이들의 동공에서
잊혀져가는
한

점

고무풍선……

한 일

누가 보냈을까
『난과 생활』이라는 잡지가
보낸 이의 이름도 없이……
연로하여 일터를 물러나온 후
처음 받은 선물
'이제 난이나 기르고 살라'는
뜻 같기도 하다
난이나 사람 기르기가
그리 쉬운 노릇인가
몇 년을 두고 개화를 기다리던
'소심' 두 포기가
일터를 떠날 무렵
환송하듯 꽃 핀 것이 반가워
그냥 집으로 옮겼다
그 지겨웁던 여름이 가고
초가을 밝은 그늘 속에서
마루를 조용히 거느리고 있다
저 난꽃 같은 누군가의

고운 마음씨가
내 마음을 데우고 있다.

부재不在
—오대산 가는 길에

모두 떠나버린

묵은 산답 언저리

버려진 늙은이 몰골의

폐가 한 채

흔들리는

억새꽃 속에

옹그리고 앉아 있다

해골처럼 뚫린 풍창

어둠 가득

서리고

삭을 대로 삭은 문짝

허물어진 파벽 사이

무시로 드나든 도둑 같은 세월……

더 잃을 것 하나 없는

적막한 가슴……

시혜처럼 발린

늦가을 햇볕 자락으로

남루를 가린

잊혀진 폐가 한 채
부재의 시간 저편으로
사그라지고 있다.

불귀 不歸

동구 밖 감 나무에 앉아
청승맞게 울어대던
그 까마귀들은 어디로 갔나
울 일이 없어져서 가버렸나.
잡초 우거진 논과 밭
건달이 신세 허수아비는
휘이휘이 참새 떼 쫓아
허위적거리며 어디로 갔나
논두렁 길 돌아돌아
섧게 울며 시집간 순이는
늙어서 친정을 잊었나
친정이 없어져서 고향을 버렸나
아들 따라 손주 따라
바뀐 세상 따라서
뿔뿔이 떠나간 내 동무들
하마 어디서 이 세상 하직하였을라.
마을 뒷산 명당자리
잡목 덤불에 잊힌

적막한 폐묘들이
속절없이 흔적 없이
사그라지고 있네.

귀로 2

언젠가는 헤어질 사람들이
모닥불처럼 모여 살면서
조금은 빨리 조금은 늦게
사그라질 목숨 그 쓸쓸함을 알면서
차마 믿기지 않아서
영원히 살 것처럼
더러는 잊어버리면서
어차피 홀로 갈 사람끼리
헤어지는 연습을 하듯
훌쩍 먼 여행을 떠나고
훌쩍 바다를 떠나고
훌쩍 깊은 산골로 떠나면서
그렇게 길들이고 길들어지면서
드디어 사랑하던 아내와 살붙이도
다정하던 친구도
어쩌다 미워하던 사람도
모두 영 버리고 갈
허망한 그날을 생각하면서

해가 기울고 바람이 일면
아직은 돌아갈 불 밝힌 집
기다리는 사람을 생각하면서
우리 죽고 난 뒤에도 그냥 있을
저 하늘과 바다 구름과 산
황홀한 노을을
새삼 바라보면서
한세상 얽힌 눈물겨운 인연과
아름다운 인정의 꽃밭을
생각하면서——.

무제無題

굳이 누구라고
말할 수는 없지만
수러시 그리운 사람……
가멸可滅의 한평생
부대껴 살면서
온갖 풍상 다 겪고
산전수전 다 거친
꿈과 한을 고이 삭인
깊고 넉넉한 가슴
—고향의 산야 같은
느긋한 시야 속에
한 조각 구름처럼
머물고 싶다
더러 그런 목로주점
그런 사람들과 마주 앉아
말없이 〈말이 무슨 소용이 있나〉
잔을 기울이고 싶다
둘러보아야 모두

허망한 그림자에 핏발이 선
황폐한 인간의 막다른 거리
〈이렇게 사는 것이 아닌데……〉
굳이 사랑한다고
말할 수는 없지만
수러시 그런 사람이
그리울 때가 있다.

질항아리

분명
그곳은
샘가이었다.

구름이 일었다간 풀어지고
또록또록
별들이 피어나던……

지금은
먼
푸른 그늘 밑.

모두
버리고 간
모래 위에

또약볕만 한나절 쏟아져 오고

끓달아 물 자잔
항아리 하나

빈 가슴 흔들며
제물에
운다.

그대 홀가분한 길손으로

지저귀던 귀여운 새들은
깃을 찾아 날아가고
추수한 알곡들도 이고 지고
저녁연기 오르는
마을로 돌아가고 있네.
그대 평생 다 바쳐 가꾸어 온
그 풍요롭던 들녘에
익은 해는 기울고
아름다이 노을 지는 언덕 위에
잎과 열매 다 지운
노병 같은 나무 한 그루
풍성한 추억을 머리에 이고
어디론가 표표히 떠나가고 있네.
할 일을 다한 자만이 짓는
너그러운 미소로
아득히 두고 온 산과 들
저무는 하늘 아래
별처럼 돋아나는

불 밝히는 마을을 바라보며
그대 홀가분한 길손으로 떠나가네.
외길로 외곬으로 후회 없이
걸어 온 먼 오솔길이
포근한 평화 속에 묻히고 있네.

뒷모습

당신은
뒤돌아보지 않는다
내릴 것 모두 내린
나목 숲 속을
나목처럼 비틀거리며
지친 발걸음 옮기고 있다
처진 어깨며
반백의 머리 위를
아쉬운 저녁 햇볕은 기울고……
이빨 망가진
늙은 수사자처럼
어디론가 사라져가는
역광의 뒷모습
아버지.

2 부

다시 사월에

다시 사월이 와
새 움이 트고 꽃이 피고
무구한 어린 것들이 자라고 있다.
인간의 추악한 욕망의 손이
닿는 곳마다
보라
산도 죽고 물도 죽고
새도 물고기도 죽어가는
신도 못 말리는
이 세상 끝장의 낭떠러지!
기진한 지구의 가슴을 헤집고
아직은 움이 트고 꽃이 피고
눈물겨운 우리 새끼들이 자라고 있는데…….

대춘待春

초겨울
빈 언저리
무성한 기억들만 이고 선
나목……
마른버짐 허연 수피를 뚫고
가지 마디마다
몰래 돋아난
아픈 겨울눈……
그 여읜 팔에 드리운
엷은 햇살 한 올 뽑아
허공에 겁 없이 매달린
나뭇잎 조각보 작은 침낭 속
웅그린 나비 번데기의
안쓰런 꿈이
찬바람에 흔들리고 있다.

세존도

허막한 바다
그 출렁이는 가슴
한복판에
하이얀 등대 하나
촛불처럼 껴안고
불꽃으로 타오르는
세존도—
삼백예순날
날이면 날마다
구름은 흘러가고
피고 지는 노을……
배반하는 그리움을 씹으며
홀로 올리는
지칠 줄 모르는
비망非望의 기도
——아, 한없이 어리석고
한탄스런…….

피오르드

만년
얼어붙은 시간이
균열져
눈먼 협곡의 흙벽을
깎아내린
말 없는
빙하——
그 할퀸 상처의 깊은 골짜기로
그득 차오른
슬픈 빛
육중한 바다……
신도 채 눈뜨기 전
기막힌 각고의 세월을
하염없이 갈앉힌
적막한 깊이 위를
나는
한자락 구름처럼 어리어
박명의 백야를

뜬눈으로

떠

간다.

해변에서

들물의 파도는
소리 없이 어린 것들의 발목을
휘감으며 밀려들고 있다
사구 기슭에 쌓은 모래성이
발뿌리부터 무너지고
아이들의 한나절의 역사는
물거품 속을 갈앉고……

몇 만 년 아니 몇 억 년 전이었을까
그렇게 한때
아무도 감당할 수 없는 해일은
지상의 목숨을 수장하면서
세계의 가슴을 덮쳐 왔다가
또 어디로 사라졌는가
썰물 진 역사의 개펄에 불거져 나온
인간 욕망의 유적들——
신의 배면 아득히
사라져버린 문명의 들판

그 잊혀진 시간에서 불어오는가
풀 길 없는 메시지의
눈먼 모래바람……
지금 저기 파도를 밟고
모래톱을 달리는
무구한 어린 것들 위에
아직도 말간 하늘과 햇빛이
축복처럼 빛나고 있는데──.

그림자

나를 미행하는 불명의 그림자——
그 숨죽인 발걸음과 깃을 세운
옷자락에 이는 은밀한 기척을
나는 늘 뒷골로 느낀다
내가 가는 길 언제 어디서나
흠칫 고개 돌려 담뱃불 붙이는 척
사갈蛇蝎의 눈빛으로 힐끗힐끗
내 뒷모습을 핥고 선 너,
내 긴장의 태엽이 풀린 어느 날
네가 노리는 절호의 내 실수로
어쭙잖게 육교나 지하철 계단을 헛딛고
일순, 나자빠져 박살이 난
낭자한 현장에
쾌재를 부르며 달려드는
파파라치의 비정한 앵글처럼
내 골수나 심장 깊이 뿌리내린
아무도 다스릴 수 없는
불령의 핵을 찾아

집요한 플래시의 날로 뒤지지만
그것은 이미 부질없는 헛수고일 뿐……
네 실의의 시선이 명멸하는
저 질주하는 차창을 등지고
나는 아득히 증발하고 없다.

누더기

일회용은 무구하지만
어차피 버려야 한다
가멸할 목숨도
더럽혀질
신의 일회용이 아닌가

끝없이 씻고 바래고
다리고 꿰매는
눈물겨운 인간의 남루한 영혼도
사랑과 저주, 죄와 회한이 범벅이 된
우리들의 만신창이의 목숨도
허망한 수모의 누더기가 아니던가

세계는 왼통 누더기의 총화總和……

그 질기고 모진 누더기도
독한 시간의 침식 속을 서서히
썩어 문드러지는 것을──

드디어 이 지상에 홀로 남을
썩질 않는 천사,
당신의 위생적인 전신에
인간들의 지울 수 없는 오욕의 지문이
짙게 얼룩져 가고 있는 것을

신이여!
용서하라 용서하라.

풍문風紋

누가 나를 따라온다
돌아보면
아득한 모랫벌이다
목이 타는
뜨거운 사구의
대낮…….
소리 질러 보아도
소용없는
끓는 하늘뿐이다
비틀거리며 쓰러지고
다시 일어서면
바람이 푸짐한
주름진 이 땅을
허벅지며 가도 가도
세계는
가없는 수렁……
이 가혹한 벌판에서
누굴까

나를 싸늘하게
웃고 있다.

사라진 아르메르 읍^邑

이곳은 환락과 퇴폐의 도시
폼페이가 아니라
목화와 커피를 재배하며 살아가는
콜롬비아의 가난한 농촌이다.
1985년 11월 13일 밤 11시
4세기 동안 잠자던 네바도 델 루이스 화산이 폭발하여
용암은 만년설을 녹여
다섯 개의 강은 범람하고
하늘을 덮은 화산재와 진흙으로
수많은 목숨을 삼킨 채
아르메르 읍은 사라졌다.
〈하느님! 우리에게 왜 이런 일을
하십니까〉 농부는 절규하고
13세의 소녀 오마이라 양은
굳어가는 진흙 늪 속에 파묻혀
수학 시험을 걱정하며 죽어갔다.
화산이 터지기 일주일 전
대법원장을 포함한 근 백 명의

동족을 무참히 살해한 무법 행위와
이것은 무관한 일일까.
인구 삼천만의 4%가 GNP 40%를 독점하고
빈민은 60%, 국민 5분의 1이
마약 밀매와 밀수에 가담하고 있는 일과
이것은 정말 무관한 일일까.
과학은 뜻 없는 지각 변동의
틈새기에서 들끓는 암장이 분출하는
자연 현상이라고 설명하지만……
이 나라의 순교자 호세 아르메르의
이름을 딴 아르메르 읍은
기구하게도 순교읍이 돼버렸다.
신은 또다시 악을 징벌하기 위하여
어진 목숨을 골라 속죄양으로
끌고 가는 비정한 처방을
내린 것일까.

해운대

밤하늘의
차디찬 별 싸라기를
쓸어 모아
끓는 아침 바다 위에
쏟아붓고 있다
와불처럼
길게 누운 해변
모래펄에는
인간과 햇볕과 시간이 뒤섞여
산 새우처럼
파닥이고……
바다가
찬란한 욕망의 도시를
둘러싼 채
그 깊은 가슴속에
한 송이
구름
한가로이 띄워 놓고

보란 듯이
영원을 웃고 있다.

한의 바다

너는
한의 여인.
무량 깊이의
아름다운 인간의 모습……
인고의 슬픔을 자정自淨하며
맑게 눈뜰 줄 알고
꿈과 기다림이
배반과 절망으로
살이 찢기는 아픔을 달래며
인간의 하체처럼
더러운 욕망을 내장하면서도
항시 하늘의 청결을
스스로 육화한다.
갈망과 분노를 갈앉히며
적막과 외로움을
숙명으로 받아들여
그 누구의 구원도 거부하고
신을 부정하면서도

신을 두려워하며 살다 간

내 사랑하는

어머니처럼

너는

아름다운 한의 여인이다.

농무濃霧
—석굴암 가는 길에

지척이 안 보인다
아득히 천년의 시공처럼
막막한 안개에 가리어
앞선 이
소리만 있고
그림자는 묻혀 없다……
어느 날 느닷없이
세계를 덮어 올
죽음의 잿가루 자욱한
지상 종말의 정경이 이러할까
오늘 토함산은
안개바다 살 속 깊이 잠겨
그 하염없는 심연 위를
전율하는 불빛
허공에
떠 있는
석굴암
당신의 볼에 흐르는 연민의 미소가

암울한 내 동공을 적신다.

건망증
—지진

너는
지층 깊숙이
살의와 독기서린 얼굴을 감추고
흔적 없이 잠복했다가
너를 잊을 만하면
간질병처럼
예고 없는 발작으로
미친 듯이 지각을 흔든다
너는 신들린 자폭 테러리스트……
닥치는 대로 박살을 낸다
꿈과 보금자리가 몇 번이고
폐허 속을 뒹굴었다
아, 속수무책
'신은 정말 없는 것인가'
네 날카로운 발톱 자욱마다
냉소 같은 균열만 남기고
뱀처럼 꼬리를 감춘다
별 수 없이 우리는 또

잔인한 네 할퀸 잔등에
다시 집을 얽고
너를 잊는다.

자유
―탈출을 위해

탈출하라
길들은 일상에서
연회에서
회의에서
이념에서
조직에서
명령에서
협박에서 탈출하라
탈출은 도망이 아니다
목숨을 걸만한 선택이다
탈출하라
권위에서
명예에서
집착에서
독단에서
꿈과 절망에서 탈출하라
선입관과 고정관념이
네게 십자가를 지운다

탈출은 사막의 갈증이다
탈출은 모래알, 바람 같은
자유에의 유혹이다
탈출은 신의 손을 뿌리친
고독한 탄생이다
신이 네 불굴의 심장을 찢어발길 때
너는 이미 거기 없다.

선의善意의 꽃을

어디에서나 꽃은 피어나야 한다.
바위틈에서 길섶에서 시궁창 변두리에서
이를 악물고 피어나는 꽃.
창가에서 공장 뒷길에서 판잣집 뒤안에서 눈물겨운
노력으로 피는 꽃.

누구도 꽃을 꺾을 권리는 없다.
아무도 꽃을 짓밟을 권리는 없다.
꽃을 피우기 위하여 그늘을 걷어야 한다. 부드러운
손길로 그늘을 걷어야 한다.

우리는 무슨 신묘한 능력이 있는 것이 아니다.
우리는 엄청난 그 무엇으로 살아가는 것도 아니다.
다만 약간의 햇빛과 수분과 토양, 그리고 선의에 찬
손길로 서로 의지하여 살아가는 것이다. 선의에 찬
눈길로 서로 믿고 살다 가는 것이다.

누구나 어디에서나 꽃은 피게 해야 한다.

서로의 가슴 안을 환히 비쳐줄 꽃을…….

쓰나미
—일본 TV 화면을 보고

소리 없는 반란……
골목골목을 으스대며
누비는 인해 작전
얄밉도록 서둘지 않는다
물론 불가항력
인정사정없다
아, 속수무책
망연자실한 채
굳어 있는 인간을 포위하여
보라는 듯이
수평선을 절벽처럼 끌고 와
질펀하게 무너뜨려
모두 침몰시킨다
끝내 인간의 아름다운 욕망의
앙상한 생채기만 남겨 놓고
사라진다

3 부

안개소묘

섬뜩한
환한 어둠이다
머릿속 길을
하이얗게 지워버린다.
얼굴을 감춘
하수인 배후의
실눈 뜬 눈초리로
자욱이 몰려와
굶주린 사냥개처럼
땅에 배를 깔았다가
미친 듯 길길이 뛰어올라
허공을 물어뜯고……
메아리 없는 벌판을 흔들며
소리 없는 눈보라로
울부짖는다
집요하게 아직도 내게
무엇을 노리는가
……소용없는 일이다.

출항
—임 선장을 보내며

그날, 당감동 화장장
이글거리는 화덕에 밀어 넣은
노선장老船長의 관은
발화하는 기관 소리를 내며
출항을 서두르는 배처럼
내연하고 있었다

——어쩌면 부연 시야 속
꽃밭처럼 타는 숯불을
뒤지며 뒤지며 집어내는
하이얀 석회질 뼛조각들은
당신이 떠난 빈 해변에 널린
지천의 패각 부스러기——

살붙이들의 애절한 부름도 통곡도 아랑곳없이
당신은 선실에 몸을 감추고
항시 우리들을 항구에 버려둔 채
훌훌 바다를 떠나듯

그렇게 떠나가 버렸다.

잠적

썰물 지는 하늘을 받쳐 든
수림 앙상한 늑골 사이
멀리서 가까이서
말문 닫은 낙엽이
하나둘…… 가슴을 적신다
사위는 기억을 뒤적이는
마른 가을바람 속
비틀거리며 사라지는
나목 흔들리는 그림자……
여윈 손바닥 같은 단풍 몇 잎
떨고 있는 식은 벤치……
타는 노을은 내 술잔에 넘치고
이 빠지듯 빈 가슴을
맴도는 이름 몇 토막
서툰 주문처럼
혀끝에 머들거린다
몽롱한 시야의 문을 비집고
깃을 세운 당신이 기웃거린다

(여! ……)
순간,
자욱한 낙엽에 묻혀가는
너의 뒷모습…….

출타

—시인 박현서朴顯瑞를 보내고

술도 친구도

당신의 시심이 머물던

낙동강도 버리고

애용하던 차를 몰고

기약도 없이 어디로 갔나

동해 변두리 산사에도

전라도 남해안 외딴 섬

갯바위 낚시터에도

당신은 이제 보이질 않는다

배낭을 메고 돌던

이국 유럽 구석구석에도

목요일마다 만나던

남포동 목로주점

동광동 다락방 골목집……

동의대학 강의실에도

당신의 그 텁텁한 목소리를

이제 들을 수가 없다

우리들이 비워 논 자리

부어 논 술잔 허전한 언저리에
친구가 그리워 돌아오려나
당신이 사랑하던 농장에서
봄이면 매실을
가을이면 단감을
낙동강 바람 같은 시를 싣고
농부 같이 그을린 미소로
기다리는 우리들의 빈 가슴으로
친구가 그리워 돌아오려나.

산행

쉴 새 없이
구름이 일고 지고
지천으로
꽃이 피고 지던
초록 지평이
음악처럼 아득히
멀어져 가고──

적막 속을
명멸하던
새소리 물소리도
차차 가늘어지는
첩첩산중……
앞서거니 뒤서거니
내 길동무들
다 어디로 갔나
가도 가도 아무도
돌아오지 않는

이 길

허허 막막한

일방통행──

서른여섯 살의 사나이

—부산대학교 개교 36주년에

서른여섯 살의
사나이가
새벽별을 끌고 간다
그 풍요한 그림자로
갈渴한 땅을 적시며……

서른여섯 살의
사나이가
바다를 안고 간다
혼미의 바다를 흔들며
흔들어 일깨우며……

서른여섯 살의
사나이가
그 억센 손바닥으로
자지러진 산맥의
어깨를 부추겨
두드려 일으키며,

이제
서른여섯 살의 사나이는
흔들리지 않는다
그 구릿빛 팔다리로
넘치는 세계를 받쳐 들고
눈부신 미래를
가고 있다.

묘비명

기다리다 지쳐서
여기 누웠노라
차마 눈감을 수 없는 목마른 망막에는
구름도 철새도 훨훨
오가는 하늘이 보인다
그 아래
물빛 옷자락 날리며
바람도 홀가분히 넘나드는
저 아득히
펼쳐진 산하도
삼삼히 아른거린다
가시철망 허리 죄어
어언 반백 년……
오매불망
보고픈 얼굴들도
하마 다 사라졌을라
아, 지상 어디에
이런 답답하고 기막힌

나라 또 보았는가!
그리움과 슬픔과 노여움……
골수에 사무친 한을 보듬고
기다리다 늙어서
여기 누웠노라.

다시 광주에

근 사십여 년 넘어
찾아온 광주
낯선 충장로를 걷는다
낯익은 다방도 주점도 책방도
보이질 않네
독재에 항거하는 함성도
낭자하던 핏자국도 사라지고
서울의 명동, 부산의 광복동 같은
화려한 금남로를 걷는다
아름다운 청춘들이 출렁이는
빛나는 물결 속을
성성한 백발이 둥둥
억새꽃처럼 떠밀려 간다
박봉우, 박성룡, 주명영, 이수복
백시걸이 그리고
김현승 선생, 박용철 시인의 미망인……
다들 저승으로 이승으로
민들레꽃처럼 흩어져 찾을 길 없네

낯익은 먼 무등산이 물끄러미
흐린 내 눈앞을 가리네.

자갈치에서

자갈치 건너
영도 대평동으로
장꾼을 싣고 왕복하던
통통 나룻배는 지금도
무시로 오고 가는지
현대식 자갈치 건물
노천 해변 베란다에서
귀 익은 갈매기 울음과
바다 냄새를 안주 삼아
늙어버린 나는 홀로 잔을 들고
세월을 거스르는
풍경에 잠긴다
──내 친구 천상병 시인은
퇴근할 친구 기다리며
나룻배를 내리지 않고
성근 머리카락 해풍에 날리며
아직도 왕복하고 있는가
해 질 녘 술시까지.

민들레

아스팔트 포장 길가
모두 떠나버린
시골 빈집
잡초 우거진 마당
무너진 돌담 옆에
할머니 혼자
그림자처럼 앉아 있다.
달리는 고속버스
출렁이는 바람결에
성근 흰 머리카락 날리며
날리며…….

할미꽃

남해 이동면
산소에 갔던 아내가
할미꽃 한 포기를
캐 왔다
잔잔한 봄 바다
양지바른 언덕과 들을 앗긴 채
낯선 도시로
피랍 신세가 된 셈
(그 신세가 너뿐이겠는가)
마음대로 뻗은 뿌리 잘라서
좁은 화분에 심었다가
(잘 살까……)
한철 잠깐 피었다 지는
가냘픈 이 풀꽃을
수술이 백발 같다고
노고초老姑草라 하고
구부정하게 고개 숙인 모습이
정든 시골집 비우고

94

자식 따라 나온 도시
아파트 창가에 기대앉아
빈집 지키며
꾸벅꾸벅 졸고 있는 늙은이——
두고 온 고향 꿈꾸는가
할미꽃.

달빛

해방이 되던
그해 어느 날이던가, 어머니는
뒷방 구들 속 깊이 묻었던
놋쇠 제기를 파내어서
긴 세월 그릇 면을 덮은
푸른 동록을 닦고 있었다.
무엇이 못마땅해 연신
어머니는 혀를 차면서…… 이윽고
잿개미 검게 묻은 손끝에서
구름 미어지는 틈새 하늘의
달빛 같은 윤이
어머니의 미소와 함께
서서히 살아나고 있었다.
──먼 옛날의 일이다

미미 김에게

미국 어느 주 무슨 의원으로 뽑힌
모국어를 모르는 미미 김──
복스럽고 구김살 없는
한국 여인 그대로의 모습……
포대기에 싸여 버려져도
어엿이 너는 자라서
낳은 어머니가 보고 싶고
가슴에 한국인의 피가 흘러
한국 기사는 빼질 않고 읽으며
질 좋은 한국 상품에 자부심을 느낀다고,
전화벨 소리 노크 소리에
행여 어머닌가 가슴 두근거리며
삼십 년을 기다려 온
우리가 버린 딸 미미 김.
내가 아는 닥터 송은
자기 결혼 선물 고급시계를 보고
〈너희들은 왜 기아를 기르지 않고
미국으로 보내는가〉 하는

미국 친구의 핀잔 때문에
지금도 그 시계를 차지 않지만,
치사한 어른들과 더러운 사회 환경
부모 사랑 결핍을 탓하며
이 나라 젊은이들 더러는
비틀어져만 가고 있는데
너는 낳은 부모 사랑 한 줌 없이
그 낯선 잡동사니 인종 속에서
온갖 갈등 수모를 이겨내고
어찌 그리 늠름하고 아름답게
자랐는가 미미 김.
너 때문에 미국이 좋아질 것 같다
너를 기른 그 사회
그 양부모님께 진심으로 감사하고 싶다
〈나를 버린 무슨 사연이 있었겠죠〉
울먹이며 끝내 어머니의 이름을 밝히지 않는
너그럽고 슬기롭고 착한 마음씨가
나를 울린다 미미 김.

우리는 너무나 부끄럽고 미안하고
네가 한없이 자랑스럽다
미미 김——.

통한의 만남*

옛날의
낯익은 그 집
사립문에
떨며 선
내 장모 닮은
이 백발의 여인은
누군가
누군가……

사십 년 전
두고 온
아리따운 내 어린 신부는
어디 가고——

〈뉘기요〉
〈나요!〉
오매불망
홀로 기다리다 기다리다

속절없이 늙어버린
기막히는 통한의 세월아······

이제사 돌아와
가슴에 안긴
내 백발의 신부여
통곡이여!

*신혼 직후 6·25로 헤어진 이의 만남

낙인

지금도
눈을 감으면
내 암울한 망막을 태우며
사살당한 한 마리 새처럼
화염에 쌓여 추락하는
너가 보인다
눈먼 대낮
서슬 푸른 권력의
꼭대기서
견딜 수 없는 고뇌와 분노를
이 더러운 지상에 내동댕이치며
너의 순수는 떨어져 갔다
더 갈 데고 없는
꿈과 절망의 낙차 사이로
누가, 무엇이
너를 죽음으로 몰아넣었는가
정말 우리들은 할 말이 없다
지금 구데기처럼 들끓는

욕망의 군중 속으로
너의 처절한 분신의 재는
망각의 분진으로 사리지고 있지만……
그때, 화염에 싸여
날개 잘린 한 마리 새처럼
떨어져 간
작열하던 순수의 의미는
내 가슴에 찍힌 아픈 낙인이다.

꽃모자

문득
혼곤한 내 시각을 문지르며
분홍 빛깔이
흔들리고 있었다.

전쟁이 끝나고
죽음과 유기를 용케 면한
인간들이
불확실한 내일을 향하여
어디론가 실려가는
차중에서——

그것은
살결 고운 유아의
티 없이 맑은 눈망울을 적시는
꽃모자였다.

지친 어른들의

황폐한 잿빛 가슴 위에
소중히 보듬겨
꿈결인 듯 나를 흔들고 있었다.

4 부

거울 앞에서

거울 안에는 첩첩 문이 닫혀 있었다

내가 열기 전에는 열리질 않고
열어 버리면 다시는 담을 수는 없다

마지막 하나는 기어코 열리질 않는 채
나의 피 묻은 이빨과 손톱을 노려본다

너의 이마 위에 다만
핏방울마다 고운 무늬로 어룽이 질 뿐……

소리 없이 뭇 문이 날 비치우며 돌아가면
아, 난 투명한 알몸이 되어 버려……

이 부끄러움 또 무서움은
어디서 오는 것입니까
어머니, 나는 무슨 잘못을 저질렀습니까.

경고
― 부품의 반란

나사는 역으로 풀리고 싶다
한계점에 달한
쥔 틈바구니의 스트레스
녹이 슬어 유착하기 전에
나는 자유롭고 싶다
이제 아무도 나를 믿지 마라
도처에서 보이지 않게
조금씩 헐거워지고 있다
비정하게 내 실재를 망각한
치밀한 기계와 조직이
삐걱거리다 드디어
그 육중하고 오만한 거구가
굉음 속에 또는 적막하게 붕괴하는
통쾌한 장관을
내 속의 불령 악마는
보고 싶은 것이다
어느 날 불시에
한갓 부품인 나의 일탈로

풍비박산하는 문명의 허구
원인불명의 대참사!
99.99%의 완벽성도
집요한 컴퓨터의 추적도 뿌리친
가공할 나사의 은밀한 반란이
지금 시작되고 있다.

실종
— 삼풍三豊 현장에서

피폭의 현장처럼
무참히 허물어진
현대의 궁전——
그 인재人災의 폐허에
통곡도 마른 채
응결된 슬픔과 분노로
충혈된 눈은
무엇을 찾고 있었던가

천길 무너진 아픈 가슴을 긁어
건져 올리는 것은
매번 비정의 콘크리트 더미와
더러운 욕망처럼
뒤얽힌 철근 그리고
부서진 뼛조각과
살아 육신을 가리던
이미 넝마로 변해버린
옷가지들뿐이었다

(오오, 하느님 이것이 아닌데……)

인간들의 무딘 구조작업을 틈타
(무엇을 구조한다는 것인가)
죽음이 재빨리 앗아가고 남은
허무의 잔해만을
포크레인은
계속 퍼 올리고 있었다.

목마른 사막

지금 이 시각에도
지구의 한 모퉁이
갈한 열사의 나라── 소말리아
밥과 죽음을 기다리다
수많은 목숨들이 숨을 거두고 있다
신도 버렸는가
긴 세월 하늘도 땅도 메말라
나목처럼 마른 인간의 엄마
그 여윈 가슴에 매달린
거미 같은 어린이들⋯⋯
누가 목숨이 귀중하다 하였는가
누가 주검이 땅을 기름지게 한다 하였는가
나날이 쌓여가는 해골 더미 위에
비정의 태양은 쏟아지고
전쟁과 가뭄과 병마와 도둑
권력에 눈이 먼 짐승 같은
지도자들의 나라── 소말리아,
우리도 침략과 전쟁과 굶주림으로

삶의 밑바닥을 핥으며 살아온
어렵고 긴 시절이 있었다
지금 우리는 빚으로 사는 졸부
한 해에 헤피 버리는 음식물이
팔조 원이 넘는 죄 받을 나라──
어제를 잊은 황폐한 가슴으론
밥과 죽음을 기다리는
저 아귀지옥이 보이질 않는다.

거미
—신인간

사이버 공간
깊숙이
머리를 처박은 채
말을 잃어버린
너는, 이제
끝없는 정보의 바다
한가운데
저마다 홀로 뜬
한 마리 거미……
예민한 인터넷을 거머쥔
욕망에 들뜬 손아귀——
튀는 손가락이
마우스와 키보드 위에서
날렵한 더듬이로
이슬처럼
경련하고 있다
무산해버린 시공
저편

어군처럼 회유하는

새 세계의

싱싱한 먹잇감을 노려…….

아파트

멸망한 어느 문명의 언덕
달아나는 바다를 업고 선
눈먼 석상 모아이*처럼
나는 오늘 멍청하다.
비껴가는 햇볕도 바람도
창틀에서 추락한 아이들,
몸을 던진 소녀의 절망도
붙들 수가 없었다
구급차가 사라진 쪽으로
아무 일 없었다는 듯이
하루해가 저물고……
롤러스케이트를 밀고 와자그르
어린 것들이 돌아오고 있다
빌딩 골짜기를 밀물진 어둠이
서서히 차오른다
핏발 선 불빛 몇 개
아직 창을 적시고 있다
별의 이불을 걸치고

아파트는 긴 밤잠을 설친다.

*모아이: 남태평양 이스트섬에 있는 눈동자가 없는 거대한
  석상들.

보복
— 슈퍼 박테리아

나는 죽질 않는다
짓눌려 길들여진
빈사의 암울한 반세기——
미구에 너를 딛고 활개 칠
꿈을 씹으며
나의 숨죽인 긴 보복의 시간은
끝이 나려 한다.
이 지상 어디에
영원한 것이 있더냐.
도취하지 말라!
정복의 축배!
그 취기 깨기 전에
역습의 비수는
바로 네 옆구리에서 자란다
너와의 끈질긴 저항의
어둔 터널을 뚫고
드디어 소생한 내성의 승리!
지금 지구 도처에

마약처럼 번져가는
내 신들린 하이얀 냉소의
춤을 보는가.
보복의 소리 없는 함성을
듣는가.

곤돌라

여기는 신개발지구
불가침의 저마다의 공간을 구획한
꿈의 궁전
──고층 아파트단지.
지금 곤돌라에 실려
새살림의 눈부신 가재도구들이
구름처럼 떠오르고…….
(저것은 베니스의 아름다운 강을
오르내리는 낭만의 곤돌라가 아니다)
이따금 낙엽처럼 하강하는
곤돌라에 얹혀
손자 공부방을 비워 준
쓸쓸한 할머니의 관도 내려온다.
황홀한 꿈에 취한
젊은이여.
언젠가 당신도 쓸모없어져
저 곤돌라에 매달려
묘비 같이 삭막한 아파트를

하직할 때가 오는 것을———.

낙동강

남루한 강물은
만신창이의 패잔병처럼
절뚝거리며 가고 있습니다

이제 강물은
눈이 보이질 않습니다
귀가 들리질 않습니다
목소리가 나오질 않습니다
그리고
하늘이 비치질 않습니다
순백의 구름은
누더기로 썩어 갈앉아 가고
아름답던 노을도
농익은 피고름처럼
번지고 있습니다

보라!
모든 강의 목구멍에 걸터앉은

청맹과니 인간들이
연일 진한 독을 타고 있습니다.

민들레 꽃씨

내가 낙하할
한 뼘 땅이 없다

이 견고한 도시에
미진微塵의
내 한 몸 내릴 가슴이 없다

지상에는
썩질 않는 쓰레기
그 비정한 화학물질의 폐허……

기름도 물도 아닌 점액질의
질펀한 강하江河가
백치 같은 입을 벌리고 있다

둘러보아야
이 넓은 불모의 천지에
내가 뛰어내려 뿌리내릴

살아 눈뜬 흙 한 줌
보이질 않는다

——어디로 가랴

허공에는 숨 막히는 스모그
별은 눈물처럼 녹아내리고……

사랑도 없고
고향도 없는
묘막渺漠한 공간을 부유하는
나는
잘못 날아온
신이 잊어버린
눈먼 미아 ——.

을숙도

한때
네 언저리는
투명한 물굽이가
자맥질하는 여인의 알몸 같이
일렁이는 하상을
얼비치며 흘러가고——
있었다
그 눈부신 강 가랑이 사이
윤나는 거웃처럼 흔들리던
숱 짙은
갈숲,
끼 있는 구름과 바람이
진일 어리어 서성이다 가는
살찐 둔덕
삼각주——
그 하늘과 바다
빛나는 모래톱 가득히
철새 떼 어지러이 흩어져

네 아름다운 소문을

자자하게 퍼뜨리고——

있었다.

갇힌 바다

상처뿐인
바다……
그 불치의 아픔을
핥고 있는
너는
한 마리
거대한
슬픈 짐승——
전율하는
질린 입술
절치의
흰 분노
별빛 징을 박는
배반의 하늘로
몇 번이고
뛰어오르다 추락하는
꿈의 갈기
무산하는 절규!

눈물 질펀히

찢어진

가슴……

아, 감내할 수 없는

허무에 저린 세계를

너는

온몸으로 울고 있다.

캐나다 이민

좁은 논두렁 길섶을 비집고
내 땅의 민들레는
모질고 애처롭게 피고 지는데
넓은 초원
아무데나 훨훨 날아가
팔 벌려 손잡고 어울려 수놓은
부러운 캐나다의 민들레들……
누백 년 우거진 전나무 수림 사이
새끼 거느린 야생곰 사슴들
겁 없이 어슬렁거리고
사람이 그립게
띄엄띄엄 흩어져
옛날 우리처럼
사람답게 사는 마을들……
발붙일 곳 쉽질 않은
우리 새끼들
같잖은 인간들 날로 우글대는
척박한 이 나라

죄짓기 전에 가야 한다고
모두 버리고 떠나간다.

고발

몇 날 며칠을
까마득히 잊혀진 채
지하 빈 도관 속에서
질식한 젊은이 셋이
무참히 썩어가고 있었다

그 주검의 혼신의 고발이
가까스로 무딘 인간의 코끝을
찌를 때까지
현장에는 사람 같은 사람은
어디론가 증발하고 없었다

〈일이 싫어 모두 달아난 줄
알았다〉고——
죽은 자는 말이 없고
산 자는 입도 많다
그래 시키지도 않은데
그 공기 희박한 동굴 속을

스스로 기어들었단 말인가!

얼굴을 가린 하수인은
언제나 안개 속으로 사라진다……
이제 아무도 믿질 마라
이 가공할 무관심과 무책임한
인간들이 뚫은 죽음의 허방이
도처에 입을 벌리고 있다.

생전에

자식들이 마련한
황금 지환을
〈그간 잘 썼다. 이제 저승도 멀잖으니 돌려주마〉
여윈 손가락을 비우던
친구의 노모처럼
이승 곳곳에서
평생을 애써 모은 재산을
미련 없이 세상에 돌려주는 이들……
그게 그리 쉬운 결단일까
치부에 허기진 졸부들
저승에선 아무 쓸모없는
이승살이에도 과분한
산과 들과 섬을 마구 사들여서
어쩌자는 것일까
유산을 지레 뺏으려
어버이를 죽이는 패륜 세상인데……
정든 집 손때 묻은 세간도……
이승 것 죄다 살아생전에

잠깐 빌어 쓰다 가는 것
소중한 사랑과 인정마저
모두 두고
훨훨 나그네처럼
떠나야 하는데…….

공범자

당신은
벌레 한 마리 못 죽이는
위인
(나는 그렇게 믿어 왔다)
지렁이 한 마리 낚시에
끼우지 못하고 절절매던
당신이
지금
퍼덕이는 생선
그 목숨의 핵을 칼로 찌르며
(피를 흘려야 살이 굳어 맛이 있다고)
익숙한 솜씨로 회를 치고 있다
나는 군침이 도는 입맛을 다시며
그 살육의 현장을 돌아앉아
잔인한 쾌감을 등 뒤로 음미하고 있지만,
실은 나는 속이 편칠 않다
(나는 죽이질 않았어. 내가 죽이지는 않았어.
보라. 나의 손은 깨끗해. 나의 손에는 피가

묻질 않았어. 나는 다만 회가 먹고 싶을
뿐이야.)
나는 공범의 묵계를 부정하며
무수히 속으로 외치고 있다.

육교 위에서

너무 헤피 떼밀려 간다
이제는 제동할 수 없는 기계나 조직
철근처럼 믿은 이론과 〈모랄〉로
아직은 이빨을 번득이며
파망破網으로 표류하지만……
죽음이 침윤하는 시간 속에서
너와 나의 인정과 대화도
소나기로 젖었다가 증발한다.
끝없는 혼미의 격류를 헤우며
한 마리 촉각 잃은 개미로
육교 위에 매달리면
아, 아름다운 노을의 구름 무늬!
쿨럭이며 흔드는 여원 손끝에
찢어져 감겨 오는 남루한 하늘……
전율하는 망막을 가로질러
현란히 예광曳光하는 문명의
강기슭에
역사轢死한 소년을 싣고 실종된

나의 운전사는

어디서

꽃 같은 피를 씻고 울고 있는가.

쓰레기 묘지

당신과 내가 마구 버린
지천의 쓰레기……
이젠 치울 사람이 없다
묻을 곳도 없다
산에서 들에서
강바닥에서 바다 밑에서
쓰레기는 살아서
도처에서 우리를 포위해 온다
인간의 영혼도 육체도
쓰레기에 묻힌다
썩질 않는 쓰레기 더미에는
꽃도 피질 않고
짐승도 얼씬 않는다
드디어 지구는 쓰레기의 묘지
매캐한 바람이 불고
사람의 그림자는 찾을 수 없다
쓰레기의 너털웃음이
하늘과 땅을 까마귀 떼처럼 덮는다.

망각과 미망 사이

『그대 홀가분한 길손으로』에 나타난
노년의 자의식과 문명비판적 시선

손나리(서울시립대학교 연구교수)

기억이란 일종의
성취
모종의 쇄신
심지어
하나의 입문, 그것이 문 여는 공간들은
여지껏 깨닫지 못한
새로운 종류의
온갖 것들이 사는 곳
그들의 움직임은
새로운 목표들을 향하니
(비록 이전에 포기된 것들이지만)
— 윌리엄 카를로스 윌리엄스(William Carlos Williams),
「내리막(The Descent)」 중에서

손경하 시인은 일제 강점기인 1920년대 말에 태어나 십대 중반에 해방을 맞고 이십 대 초반에 6·25 전쟁을 겪은 세대로서, 고교 재학 시절인 1949년 영남예술제에 이형기, 최계락 시인과 함께 입상한 이후 1950년대 초반 당대의 여러 시인들—고석규, 김성욱, 김재섭, 김춘수, 유병근, 송영택, 조영서, 천상병, 하연승 등—과 함께 당시 전후 한국문단의 선도적 동인지였던 『신작품』의 동인으로 부산에서 활동하였다. 손 시인은 『신작품』의 후신인 『시연구』 및 『현대시학』 등에 작품을 발표하였고 『시조』, 『시기』, 『신어』, 『남부의 시』 등에서도 동인으로 활동하는 등 긴 세월에 걸쳐 부산의 문단에서 창작 활동을 해왔다. 그는 1961년 수서본으로 개인 시집 『전신轉身』을 엮은 것을 제외하고는, 삼십 년이 넘도록 개인 시집을 출판하지 않다가 1985년 비로소 첫 시집 『인동의 꿈』(예문관)을 출판하였고, 『그대 홀가분한 길손으로』(이후 『길손』으로 줄임)는 그 이후 다시 삼십 년이 흐른 후에 엮은 그의 두 번째 개인 시집이다. 칠십 편 가까이 되는 시가 이 시집에 묶여 있고, 시인의 연륜만큼이나 긴 세월 즉 해방 시기에서 현대에 이르는 시간이 직간접적으로 여러 시들에 배경으로 스며 있으며, 다루는 주제들도 인생과 죽음에 대한 보편적 사유에서부터 자연과 문명과 신에 대한 물음 및 현실비판적 주제에 이르기까지 다양하다. 따라서 이 시집의 시들을 넉넉지 않은 지면에서 하나의 범주에 넣고 논하는 것은 무리가 따르는 시도일 것이다. 그럼에도 불구하고 거칠게나마 시집 전체를 포괄할 수 있는 요소를 말하자면,『길손』에는 과거의 기억을 동반한 시선으로 인생과 우리 사회 및 문명의 현재를 바라보는 노년의 시적 자아가 지속된다는 점이라 할 것이다. 늘, 거듭, 낯설어질 정도로 급변하는 눈앞의 세상 위로 은연중에 필터처럼 오버랩되는 개인적, 사회적 과거의 장면들 및 과거 사람들의 이미지는 마치 현재를 읽어내기 위한 뿌리 깊은 무의식적 참조체계인 양『길손』의 시적 공간에 직간접적으로 개입한다. 희미하게 얼른거리는 형태로건, 결코 지워지지 않는 선연한 기억으로건, 혹은 거의 망각에 가까운 안개 같은 혼미(昏迷)함으로이건 간에, 그러한 과거의 기억들은 시인이 자신의 삶과 인식에서 놓지 못하는 고집스러운 무엇으로 그의 문학의 동력이 되는 것으로 보인다.

  이 글은 이와 같이 가깝거나 먼 기억을 반추하며 삶을 바라보는 노년의 시선과 자의식이『길손』에 형상화된 양상을 개괄적으로 살펴보려고 한다. 그럼으로써『길손』의 시 세계가, 한편으로는 지난 세월 및 인간과 사회 그리고 존재 자체를 마치 아름다운 '원경'을 바라보듯 관조와 포용의 시선으로 그려내면서도, 다른 한편으로는 끊임없이 망각과 미망 사이를 배회하는 기억의 '미아' 의식을 보여주고 있음을, 그래서 많은 시들이 시집 제목과는 아이러니한 긴장 관계에 있는, 즉 손쉽게 '홀가분할 수 없는' 노년의 시간 여행을 전해주고 있음에 주목하고자 한다. 또한, 『길손』의 시들이 소환하는 과거와 현재의 사물, 장면, 사람들은 한편으로는 인생의 허무, 부조리, 노년의 상실에 대한 보편적 정서와 사유를 품고 있지만, 다른 한편으로는 해방 이후의 우리 현대사의 사회 문화적 변화에 대한 성찰을 보여주고, 나아가 효율과 효용을 위하여 우리 사회와 현대 문명이 쓰레기처럼 버린 것들을 되짚는 작업의 일부임을, 그래서 근본적으로는 기술의 발달에 힘입어 물질문명으로 치달아온 현대 상업자본주의 문명에 대한 총체적 비판과 근본적으로 맥이 닿아 있음을 짚어보고자 한다. 아울러, 『길손』에는 자기검열의 불안을 짊어지고 문명의 일부로서 자신을 성찰하는 오이디푸스(Oedipus)적 시적 자아가 있어 시인의 현실비판을 복합적인 의식 세계로 만들고 있음을 또한 살펴볼 것이다.

1. 노년의 자의식

『길손』의 많은 시들에서 자연 풍경과 동식물 및 사물들, 사람들 등 시적 대상을 묘사하는 시선 안에는 지난 세월에 대한 감회와 맞이할 죽음 그리고 남은 시간의 의미를 항시 의식하는 노년의 자의식이 투영된다. 그러한 자의식 안에는 여러 기억들이 아른거리고, 먼저 세상을 떠난 이들에 대한 그리움과 노년의 위치에 대한 자조와 쓸쓸함

등이 뒤섞인다.『길손』을 관류하는 노년의 자의식은 직간접적으로 시집 전반에 고루 스며들어 있으나, 비교적 직접적으로 드러나는 시들로 「귀로 1」, 「고무풍선」, 「귀로 2」, 「여울」, 「스냅 간이공원」, 「그대 홀가분한 길손으로」, 「원경」 등을 먼저 보자.

1) '귀로'에서

『길손』의 여러 시들은 그 시간적 배경이 노을 지거나 땅거미가 내리는 저녁 혹은 계절의 끝인 겨울로 설정되어 인생의 저녁 혹은 인생의 겨울로서의 노년을 의식하는 시적 자아의 자의식을 그 정서적 배경으로 환기한다. 「귀로 1」의 경우 시간적 배경은 노인 화자의 "시린 무릎 아래/ 땅거미가 고여 오[는]" 저녁으로서, 이 저녁의 풍경 안에는 "아름다운 것은/ 모두 앗아가 버리고/ 사위어가는 모닥불처럼/ 잔해만 타고 있는/ 저녁놀"과 "저 멀리/ 눈 감는/ 갈밭" 등 '저물어가는' 인생에 대한 화자의 자의식을 반영하는 이미지들이 육체적 노화를 상기시키는 이미지와 함께 제시된다. 노인으로 설정된 화자의 시선이 저녁 하늘에서 포착한 것은 화자 자신의 "동공 깊숙이 추락하고 있[는]" "늦게" 보금자리로 "귀소하는/ 안쓰런 새 몇 마리"로서 이승을 떠나 '돌아가는' '귀소'로서의 죽음에 대한 사유가 화자의 의식을 채우고 있음을 알 수 있다. 그런데 이 "안쓰런" 새들은 "늦게"나마 그들의 보금자리로 되돌아갈

지 모르지만 화자가 명상하는 또 다른 '귀소'인 죽음은 이 시에서 안식의 보금자리에 대한 믿음을 주지 못한다. 시의 마지막 행에서 화자의 동공 안에 새들이 "추락"하는 것으로 비치는 것은 이 시의 제목 "귀로"의 함의인 '돌아감'으로서의 죽음의 의미를 희석시키는 시인의 냉소적인 시어의 선택을 보여준다. 이 시의 부제목 "사라지는 풍경"이 암시하듯이, 얼핏 죽음을 관조적으로 사유하는 듯이 묘사되는 이 시의 물리적, 심리적 풍경 자체도 결국 죽음과 함께 의식으로부터 '소멸'할 풍경이므로, 죽음은 결코 그 어떤 개인에게도 손쉽게 초연한 "귀로"나 "귀소"가 될 수 없음이 여실히 드러난다. 즉 "귀소"와 "추락"이라고 하는 죽음에 대한 상반된 정의가 서로 모순을 이루어, 이 시는 죽음을 명상하는 노년의 시적 자아의 고요한 관조의 시선보다는 그 사유 속 정서적 흔들림을 전해준다.

「고무풍선」에서도 아득한 지난 세월을 돌아보며 일종의 '소멸'로서의 죽음을 상상하는 노년의 내면 풍경이 제시된다. 오래전 세상을 떠난 사랑하는 이들과 지난 생애에 대한 반추는 이 시에서 풍선을 갖고 놀던 유년기의 한 장면과 겹쳐지고, 그 복합적인 심상은 손에서 놓친 풍선이 하늘 높이 올라가 가물가물 한 점으로 멀어지다가 허공 속으로 아득히 사라져버리는 이미지를 시각적으로 잘 살린 행 배치를 통하여 제시된다.

내 어릴 때

파아란 하늘 높이

놓친 풍선처럼

가물가물

사라진

꿈과

부

모

형

제……

—「고무풍선」 부분

　어린 시절 누구나 한 번쯤은 겪었을 이러한 경험, 즉 손
에서 빠져나가 하늘 높이 올라가버리는 풍선을 바라보는
경험은 하늘의 깊이와 높이 그 허공의 실재에 대한 상상력
을 자극하지만, 불가지의 그 압도적인 시공은 인식의 무력
감을 남긴다. 이 시의 화자는 "이제" 자기 자신도 그 불가
지의 영역인 "저 멀리 허공 속을/ 하늘하늘/ 떠 흘러가며/
내 사랑하는 이들의 동공에서/ 잊혀져가는/ 한/ 점/ 고무
풍선"임을 절감하며 죽음을 궁극적으로 '망각'으로 사유
하며 시를 맺는다. 즉 「귀로 2」에서와 마찬가지로 죽음은
「고무풍선」에서도 '돌아감'이라기보다 '사라짐', 특히 기억
으로부터 '지워짐'으로 정의된다.

「귀로 2」는 과거를 돌아보는 시선이 있다는 것과 죽음에 대한 사유가 있다는 점에서 「귀로 1」이나 「고무풍선」과 유사하지만, 사랑하는 사람과의 영원한 '작별'로서의 죽음이 일상의 곳곳에 예행연습처럼 스며들어 있다는 인식과, "아직은" 돌아갈 이승의 집과 그것에서 자신을 기다리는 사람이 있다는 현재의 조건을 새삼 절감하는 인식이 부각되는 시이다. 이 시의 화자는 여행을 떠났다가 집으로 돌아가고 있는 상황에서 이 귀가와는 또 다른 "귀로"를 떠올린다. 즉 사랑하는 사람이 기다리는 집으로의 "귀로"는 생의 마지막에 모든 것을 두고 떠나 영원히 '돌아갈' 죽음의 "귀로"와 중첩되고, 이 두 "귀로"를 사유하는 화자는 자신이 잠시 다녀오곤 하는 여행을 "드디어 사랑하던 아내와 살붙이도/ 다정하던 친구도/ 어쩌다 미워하던 사람도/ 모두 영 버리고 갈/ 허망한 그날"에 미리 익숙해지기 위한 의식/무의식적 이별 연습으로 새삼 인지하게 된다. 또한, 이렇게 일상의 이별들이 "어차피 홀로 갈 사람끼리/ 헤어지는 연습을 하듯/ 훌쩍 먼 여행을 떠나고/ 훌쩍 바다를 떠나고/ 훌쩍 깊은 산골로 떠나면서/ 그렇게 길들이고 길들어지면서" 죽음이라는 마지막 작별에 서로를 미리 친숙해지게 하는 서글픈 일로 인식되자, 화자는 한편으로는 평범한 일상 안에서 "차마 믿기지 않[거나]" 혹은 "영원히 살 것처럼/ 더러는 잊어버리면서" 사는 "사그라질 목숨 그 쓸쓸함"을 직시하게 되고, 다른 한편으로는 무엇보다도 인생을 새삼 "황홀[하게]" 바라보게 된다. 그래서 "해가 기울고 바람이 일[어]" 어둡고 쌀쌀해진 노년의 어느 귀가 길에서 화자는 "아직은 돌아갈 불 밝힌 집/ 기다리는 사람"과 "우리 죽고 난 뒤에도 그냥 있을/ 저 하늘과 바다 구름과 산/ 황홀한 노을" 그리고 "한세상 얽힌 눈물겨운 인연과/ 아름다운 인정의 꽃밭을" 새삼 새롭게 바라본다. "사그라지는 목숨" 즉 소멸로서의 죽음에 대한 인식이 필터가 되어 한평생은 아름다운 자연과 눈물겨운 인연으로 수놓아진 황홀한 풍경으로 반추되는 것이다.

2) 갓길

인생의 "노을"을 바라보며 "이제 탈진한 육신 뉠/ 적막한 덤불 찾아가는"(「노을」) 마음의 여행을 미리 반복하는 것이 노년의 쓸쓸한 자의식이라면, 이러한 노년은 『길손』에서 종종 생의 '한가운데'에 있는 젊은 세대와 대조적으로 사회와 인생의 '주변부'로 밀려난 옹색한 자리로 인식된다. 「여울」, 「스냅」 등은 그러한 인식을 잘 보여주는 시들이다.

「여울」은 겨울의 어느 날 젊은이들로 가득한 도시의 수많은 인파 속에서 우연히 노년의 두 옛 친구가 만나는 일상의 한 구체적인 사건을 유쾌한 웃음과 아름다운 이미지로 담아낸 일견 밝은 시이지만, 이미지들의 섬세한 변주 속에 노년의 입지에 대한 서글픈 자의식을 단적으로 담아낸 자조적 해학의 시이기도 하다. 부산의 번화가인 광복동 거리에서 "백발이 성성한" 옛 친구를 우연히 보고 마치 기억의 무덤에 "묻혀" 있던 이가 도로 살아난 듯 화자가 반가워한다는 게 "어 아직 살아 있었나!"라는 서로를 "파안대소" 하게 하는 "멋대가리 없는 인사말"이 되어 튀어나오고, 이들의 대화를 이해할 턱이 없는 어리고 젊은 인파들은 두 노인을 멀뚱히 "곁눈질하며/ 은어 떼처럼 반짝이[며]" 지나간다. 그들의 한창 젊고 아름다운 모습은 화자의 청춘이 어느새 "여울"의 빠른 물살처럼 "소용돌이치며 흘러간" 것을 대조적으로 절감케 한다. 이 두 늙은 벗은 "귀여운 청춘"의 인파 속에서, 새 가구를 들이기 위해 곧 치워질 "빛바랜 가구처럼" "갓길"에 서서, 생존을 확인한 반가움과 "쌀에 뉘로 남은" 듯한 노년의 서글픔을 동병상련으로 나누고, 세상을 떠난 친구들의 소식을 서로 교환한 듯 먼저 이승을 떠난 "좋은" 친구들을 하나둘 확인한다.

> 쌀에 뉘로 남은 우리를
> 빛바랜 가구처럼
> 갓길에 세워 놓고
> 같잖은 세상이 싫었나
> 좋은 벗들은 하나둘……
> 기별도 없이 저승으로 떠나고──.
>
> ──「여운」 부분

이렇게 생의 "갓길"로 밀려난 노인에게는 겨울 오후의 햇살조차 "시혜처럼 따사[하여]", 마치 자신의 것이 아닌 것을 누군가의 아량으로 받은 것처럼 「여울」에서 자조적으로 묘사된다. 노인들이 사회 속에서 빈곤층이나 장애인들과 마찬가지로 일종의 "시혜"의 대상으로 인식되는 것을 환기시키는 또 하나의 자조적인 시어임은 물론이다. 이와 같이 이 시에는 늙은 옛 벗을 만난 기쁨과 젊은 세대에 대한 애정의 눈길 이면에, 많은 벗들을 저승길에 앞세운 무상함과 인생의 "갓길"로 치워진 잉여의 존재인 듯한 노년의 처연함이 있다. 여울의 빠른 물살처럼 바삐 움직이는 도시 인파의 "여울"은, 시의 물리적인 배경을 암시하는 데에 그치지 않고 이러한 노년의 한 심리적 순간으로서의 "여울"을 보여준 셈이다. 옛 친구와의 만남을 계기로 과거와 현재가 여울물처럼 휘몰아치며 일시에 조망되고, 인파 속 젊은 세대가 의식하지 못하는 세월의 빠른 물살과 덧없음을 보는 노년의 시선이 드러나기 때문이다.

노년의 시간은 「여울」에서 이와 같이 인생과 사회의 "갓길"에 서서 "쌀에 뉘"처럼 퇴출될 날을 기다리는 자조적인 것으로 그려졌다면, 「스냅」에서는 잠시 머물다 떠날 '길섶 간이공원'으로 이미지화된다. 「스냅」은 제목이 암시하는 바와 같이, 늦은 오후에서 초저녁으로 이어지는 나절의 정경을 화자의 눈을 통해 스냅 사진처럼 담아낸 시이다. 이 시의 화자는 "빌딩 너절한 뒷골목"의 일명 "만남의 장소"인 "길섶 간이공원 벤치"에서 "기다릴 이 아무도 없는" 채로 "휴지처럼 구겨져 앉은" "늙은이"이다. "여기저기 앉고 선" "손주 또래들"이 "풀벌레 교신 같은/ 휴대폰 약속의 벨소리"를 울려대지만, 많은 벗을 이미 저승으로 보낸 화자에게는 늦가을 오후의 햇살이 차츰 스러지고 초저녁 주점들에 "따스한" 조명이 하나둘 켜져도 술 한잔 걸치자며 나타날 벗이 없다. 화자의 처지는 주점의 불빛에 자리를 내어주며 "슬그머니 자리를 [뜨는]" "늦가을 햇볕" 혹은 갈 곳도 친구도 없이 혼자 술을 마실 수밖에 없는 "낮술 거나한 노숙자"로 암시될 뿐 아니라, 휴대폰 벨소리에서 "풀벌레 교신"을 떠올리는 디지털 시대의 이방인, 쓸모없어 곧 휴지통으로 치워질 "휴지" 혹은 "가로수[에] 남은 마른 잎 몇 잎"으로 묘사되어 노년의 "가슴 깊은 수렁"의 자조와 쓸쓸함을 전해준다. 공원으로서의 최소한의 구색만 갖춘, 도시 뒷골목의 이 "간이공원"은 편안히 오래 휴식할 곳이 못 되는 자리로서, "갓길"과 마찬가지로 노년의 옹색한 위치에 대한 또 다른 이미지이다. 또한 "간이공원"은 궁극적으로는 나그네처럼 '잠시 머물렀다 가는' 인생의 상징으로, 시집 제목에 있는 "길손"의 함의와 통하는 이미지임은 물론이다. 스러지는 햇볕에 대한 묘사로서 "노숙자"의 이미지가 등장한 것도 유사한 맥락일 것이다. 어디에서 와서 궁극적으로 어디로 돌아가는지 모르는 인간의 삶은 늘 미지의 근원과 단절되어 되돌아갈 곳을 모르며 지내는 '노숙'이며, 이것이 노년에 새삼 절감하는 삶의 조건인지 모른다. 이 간이공원을 굳이 "이승"의 "만남의 장소"라고 지칭하는 데에서 특히 느낄 수 있듯이, 화자는 "이승"의 "길섶" 가장자리에 인식의 시야를 펼쳐놓고 마치 그 경계 너머 '저곳'에 한 발을 걸친 채 '이곳'을 바라보는 듯이 새삼 낯선 생의 풍경을 바라보는 것이며, 이것이 여러 시들에서 지속되는 노년의 시선이 자리 잡은 위치라고 할 수 있다.

3) 원경

"이승"의 가장자리에 인식의 조망점을 두고 생을 새삼 거리를 두고 바라보면 여하한 생애이었건 결국 아름답게 보여 너그러이 그 삶과 화해하고 죽음을 홀가분히 받아들일 준비를 자연스럽게 하게 되는 것일까. 혹은 그런 식의 화해와 순명의 인식은 그저 소망에 가까운 것일 뿐이고 스스로 그러한 마음의 상태가 되도록 인식을 길들인 자기 최면의 결과일까. 이 시집의 제목과 동명의 시 「그대 홀가분한 길손으로」는 원래, 시인 자신과 마찬가지로 오랫동안 교직에 종사하다 정년퇴임을 하게 된 어느 벗에게 헌정한 시로서 평생 어린 세대들을 가르치는 일에 헌신하다 퇴직하는 벗의 모습을 "할 일을 다한 자"가 풍요로운 추억을 안고 떠나는 아름다운 뒷모습으로 그려낸 시이다. 그러나 이 시는 굳이 헌정시로서의 부제를 붙이지 않았고, 생의 마지막 '떠남'을 염두에 두고 남아 있는 나날의 풍경을 바라보는 노년의 인식이 지배적이라는 점에서 퇴임기념의 의미에 국한되지 않고 이 시집의 다른 여러 시들처럼 죽음을 상상하는 자의식이 담긴 시로 읽을 수 있다. 그런 관점에서 이 시를 읽을 때 이 시에서 특히 두드러지는 것은 소멸로서의 죽음이 주는 허무함도, 기다릴 친구가 없는 상실감도, 혹은 인생의 '갓길'에 선 노년의 초상에 대한 쓸쓸한 자조도 아닌, 지나온 생을 한없이 너그럽고 아름답게 바라보며 떠나고자 하는 자의 시선이다. 자연에 대한 묘사를 주된 배경으로 하여 이인칭 "그대"를 묘사하는 이 시는, "그대"의 내면을 훤히 들여다보는 전지적 묘사로 인하여 화자가 자기 자신을 "그대"에게 투영하여 스스로에게 바치는 애도시적 묘사가 되는 것이 특징이다. 즉 이 시의 화자의 시선은 마치 자신의 죽음을 임종하는 듯 "그대"의 떠남을 '홀가분히 떠나는 길손'으로 애잔하면서도 초연하게 바라보고 배웅한다고 할 수 있다.

「그대 홀가분한 길손으로」에서 평생의 일터뿐 아니라 이승 자체에 머물렀다 가는 "길손"인 "그대"가 떠나가는 모습은 그가 떠나며 둘러보는 가을 저녁 풍경으로 묘사된다. 작별을 고하며 반추하는 생애를 상징하는 이 풍경은 평화와 풍요와 아름다움으로 가득 차 있으며, 이승의 보금자리로 '돌아감'과 "어디론가"로 '떠나감', 즉 삶과 죽음의 상징들이 그 풍경 안에 담담하게 교차한다. "깃을 찾아 날아가[는]" "지저귀던 귀여운 새들"이 보이고, "추수한 알 곡들 이고지고" 밥 짓는 "저녁연기 오르는/ 마을로 돌아가 는" 사람들이 보이며, "그대 평생을 다 바쳐 가꾸어 온/ 그 풍요로운 들녘" 위로 "익은 해는 기울고" "노을"은 "아름다 이" 지는데, 풍요로운 배경과 대조적으로 "잎과 열매 다 지 운/ 노병 같은 나무 한 그루"는 비록 앙상한 몸이지만 "풍 성한 추억을 머리에 이고/ 어디론가 표표히 떠나[간다]". 한 평생의 일과 삶은 이와 같이 한도 슬픔도 아닌 풍요로 운 추억이 되고, "그대"는 어떤 자조나 회환도 내색하지 않 는다. 그저, "할 일을 다한 자만이 짓는/ 너그러운 미소로/ 아득히 두고 온 산과 들/ 저무는 하늘 아래/ 별처럼 돋아 나는/ 불 밝히는 마을을 바라보며" "홀가분한 길손으로 떠나[간다]". 궁극적으로 죽음을 암시하는 "그대"의 '떠남' 은 "외길로 외곬으로 후회 없이/ 걸어온 먼 오솔길이/ 포 근한 평화 속에 묻[히는]" 것으로 평화로이 묘사된다.

그러나 이와 같은 묘사의 표층이 보여주는 담담하고 초연하고 아름다운 마지막 작별의 이미지에도 불구하고, 화자의 회한과 허무감과 쓸쓸함이 이 시의 묘사에서 온전 히 가려지지는 않는다. 이승에서의 "홀가분한" 마지막 작 별이 되기에는, "저녁 연기 오르는/ 마을"은 어쩌면 「귀로 2」에서처럼 "아직은" 화자를 "기다리는 사람이 있는" "불 밝힌 집"이 있을지 모른다. 또한, 선택한 삶에 대한 초지일 관의 의지를 느끼게 해주는 "외길로 외곬으로"라는 표현

역시 다른 한편으로는 삶에서 단념한 것들에 대한 인간적인 쓸쓸함을 희미하게나마 전해주는 면이 있어 곧바로 이어지는 "후회 없이"라는 부사와 미묘한 긴장을 형성한다. 게다가 "어디론가 표표히 떠나가네"라는 일견 평화로운 묘사 역시, 갈 곳을 모르는 정처 없는 움직임을 표현하는 "표표히"라는 부사의 뜻처럼 다다를 곳을 알지 못하는 죽음의 불확실성과 온전히 이해할 수 없는 죽음의 정체에 대한 인식의 무력감을 은근히 전해준다. 즉 화자가 바라보는 자신의 마지막 모습으로서의 "그대"는 "홀가분한" 모습으로 떠나가지만, 이인칭 "그대"와 일인칭 화자 사이에는 미묘한 간극이 있어 이 시는 이상적인 '떠남'에 대한 화자의 소망에 가까움을 알 수 있다. 그래서 이 시의 화자는 시적 대상인 "그대"와 미묘한 간극이 있을 뿐 아니라, 이 시집의 결코 '홀가분할 수 없는' 여러 다른 화자들—특히 끊임없이 현재에 개입하는 기억들의 변주들이 노년의 상실과 허무와 자조를 여실히 드러내는 시들, 존재의 부조리에 천착하는 시들, 그리고 여러 현실고발적인 시들의 화자들—과도 긴장관계를 형성한다.

「그대 홀가분한 길손이 되어」처럼 생을 초연하고 아름답게 되돌아보는 노년의 시선이 등장하면서도, 그러한 시선이 실은 기억의 희미함과 생에 대한 작별의 정을 전제로 한 것임을 보다 분명하게 보여주는 시가 「원경」이다. "저녁 나직한 하늘 저으며/새들이 돌아가고 있[는]" 모습에서 "내 유년의 귀가"를 떠올리는 이 시의 화자는, 또 다른 '돌아감'인 죽음을 묵상하면서, 집으로 돌아가는 새들의 "확신에 찬 방향감각"과 안식처가 가까워 오는 것에 대한 "설렘"을 부러워한다. 죽음은 그것에 대한 우회적인 표현인 '돌아가다'의 함의처럼, 어쩌면 이승에 태어나기 이전의 어떤 원초적인 고향으로 돌아가는 또 다른 '귀가'일지 모르지만, 단지 종교적 믿음으로 상상하고 무장할 수는 있을지언정 결코 죽어 되돌아가 쉬게 될 고향에 대한 명확한 방향 감각도 그에 따른 설렘도 주지 못하기 때문이다. 또한, 화자는 태어난 곳으로 정확하게 되돌아가서 죽는 연어 떼의 '귀로'에 동반되는 선명한 기억—"먼 해협을 돌고 돌아/ 수만 갈래 물길 더듬어/ 모천 찾아가는" "뇌리에 입력된/ 투명한 물빛 일렁이는/ 그런 선명한 기억"—을 부러워한다. 인간은 단지, 살아온 생을 역으로 되새김하여 기억이 닿는 한 가장 먼 곳까지 더듬어보는 형태로 내면의 귀로여행을 할 수 있을지언정, 그러한 귀로는 노년의 기억의 쇠퇴로 인하여 생의 모든 자취를 모두 더듬어 되돌아볼 수는 없다. "비틀거리며 달려온/ 내 미로의 생애"에 대한 기억은 방향을 분간하기 어려운 "혼미한 길"일 뿐이며, 그 혼미함 걷히기 전에 "하마 노을이 [지는]" 것은 "잠시 깃들다 갈 이승"이기 때문이다. 인생의 이러한 한계를 받아들이면서 결코 선명할 수 없는 기억으로 되돌아보는 한평생의 기억은 이제 세부를 분간하기 어려운 아득한 "원경"이 된다. 분명 숱한 "갈등과 애증"이 있었던 생애이건만 이제 모두 "사그라져" 멀리서 바라보면 그저 알록달록 "아름다운 꽃밭"처럼 보이는 것이다. "가슴 달구던/ 갈등과 애증"이 젊음의 근경이었다면, 노년의 추억 속 "이제사" "아물아물 저무는 저 원경"은 그 어떤 '비틀거림'과 '가슴 달굼'의 생애이었건 간에 세부가 명확히 보이지 않게 뒤섞인 희미함으로 인하여 전체적으로 모나지 않는 아름다움이 되고, 이제는 작별을 고해야 하는 삶이기에 더욱 너그러운 화해의 대상이 된다. 앞서 「그대 홀가분한 길손으로」의 화자가 말한, 미련도 "후회[도] 없이" 떠날 수 있는 '홀가분함'은 "이제사" 비로소 가능해진 "원경"의 시선을 전제로 한 것임을 「원경」은 보다 분명히 드러낸다.

이와 같이 생의 "갓길"에서 죽음을 항시 의식하는 노년의 자의식을 지닌 『길손』의 시적 자아는 관조와 자조, 해학과 회한의 정서가 뒤섞인 지난 세월에 대한 기억의 변주를 여러 시에서 이어간다. "풍성한 기억"이건(「그대 홀가분한 길손이 되어」) "혼미한" 혹은 "아물아물한" 기억이건 간에(「원경」) 그러한 기억들은 노년의 시선에 의식/무의식적으로 동반되어 현실을 바라보고 사유하는 토대가 되며, 특히 세월의 변화와 상실을 되짚어보게 하는 데에 중요한 역할을 한다.

160

4) '늙은 미아'

『길손』의 많은 시들은 지난 세월의 기억을 다양하게 변주하며 그려내는 노년의 현실 소묘들이다. 이승에 잠시 머물다가는 '길손'임을 항시 의식하는 시적 자아는 비록 '홀가분한' 떠남을 꿈꾸지만, 매우 많은 시들은 쉽게 벗어버릴 수 없는 과거의 그림자들과 함께 기억 속을 거듭 배회하는 노년의 의식을 보여준다. 그중 「미아」는 노년의 자의식과 기억 모티브의 결합을 단적으로 보여줌으로써『길손』의 시적 공간의 한 프레임을 노년의 기억 회로 속 시간 여행으로 이해할 수 있게 도와주는 시이다. 「그대 홀가분한 길손으로」와 「원경」의 화자에게 지난 세월의 갈등과 고통이 '원경'의 아름다운 무늬로 보였다면, 「미아」는 기억의 세부가 지워진 그러한 원경의 아름다움에 내포된 상실의 아이러니를 치매가 진행되는 노인의 의식에 대한 묘사를 통하여 담담하게 부각시킨다.

치매 노인에 대한 묘사이자 기억 장애를 겪는 노년의 한 모습을 그려내는 「미아」는, 뇌세포가 죽어가면서 기억이 소멸되는 노년의 두뇌 작용을 마치 컴퓨터 하드디스크에 저장된 정보들이 컴퓨터 바이러스에 의해 지워져버리는 것처럼 묘사한다. 뇌의학 정보를 자신의 언어로 의역하는 이 시의 화자는 "입력된 기억을 망가뜨리[는]" "컴퓨터 바이러스" 같은 "불명의 촉수"로 인하여 "뇌신경세포"들이 "하루에도" "10만 개나/ 미세한 거품 꺼지듯/ 죽어"가므로

"평생을/ 꿀벌처럼 축적한 우리들의 기억"도 결국 사막처럼 "황폐화할 수밖에" 다른 도리가 없지 않겠느냐고 말한다. "재생 불능의" 죽은 뇌세포와 함께 기억들이 사라지고 새로운 기억은 잘 "입력"되지 않는 노화의 과정을 애써 이해하려 하는 화자는, 치매로 기억을 잃어가는 노인의 의식을 "마른버짐처럼 번져가는" 죽은 "뇌세포의 사막"으로 묘사한다. 그리고 그곳에 출몰하는 기억들을 "그 [사막의] 지평 어디선가/ 오아시스처럼/ 아름다운 추억만/ 더러 살아남아서/ 선명한 영상으로/ 일렁이는 황홀한 과거"로 정의한다. 이것은 흔히 '착한 치매'라고 속칭하는 그러한 류의 치매, 즉 고통스러웠던 시간에 대한 기억은 사라지고 아름다운 기억만 남아 온순하고 착한 아이와 같은 상태가 되는 그런 치매인 셈이다. 그러나 시인이 묘사하는 이 '착한' 치매 노인의 의식은 아름다운 평화의 상태라기보다는 마치 길 잃은 어린 아이와 같은 혼돈과 불안 속으로 무력하게 뒷걸음치는 듯한 "늙은 미아"의 서글픈 모습이다.

일렁이는 황홀한 과거
──폐쇄된 미래
입력불능의 생소한 현재의
그 단절된 회로 사이를
뒷걸음치며
홀로 배회하는

늙은 미아——.

——「미아」 부분

　　"일렁이는 황홀한 과거", "폐쇄된 미래", "입력불능의 생
소한 현재"는 비단 치매 환자에만 국한된 묘사는 아닐 것
이다. 바삐 변하는 세상은 기억되거나 추억이 되기도 전
에 나날이 달라지고, 그러한 세상의 '갓길'에 서서 둘러보
는 현실은 노년의 더딘 순발력에는 그저 나날이 생소하기
만 한 것이 보편적인 노년의 경험일지 모른다. 또한 목적
지가 불확실한 죽음이라는 '귀로'를 준비하는 노년의 의
식은 미래를 꿈꾸기보다 먼 과거의 그리운 추억으로 가득
차게 되는 것이 자연스러운지도 모른다. 즉, "늙은 미아"의
"황홀한 과거"로의 뒷걸음질은 기억력을 잃어가는 보편적
인 노년의 "미아" 의식의 한 양상일 수 있다. 그렇다면 『길
손』의 곳곳에서 표현되는 '원경'으로서의 생애의 아름다
움은 어떤 면에서는 생물학적 상실의 결과일 수도 있다는
아이러니를 이 시는 보여준다. '홀가분한' 떠남을 가능하
게 하는 조건이 희미한 '원경'의 아름다움을 보는 시선이
라면, 그것은 실은 '상실'에 순명하는 시선일 수밖에 없다
는 암시가 배어 있다. 요컨대 이 시는 노년의 기억의 역설
적인 아름다움의 근저에 있는 방황과 상실에 대한 엘레지
이기도 한 것이다.

　　이와 같이 점점 낯설어지는 세상의 혼돈 속에서 먼 기

억 속으로 "뒷걸음치며/ 홀로 배회하는/ 늙은 미아"는『길
손』을 관류하는 중요한 시적 자의식이며, 그래서 이 시집
의 상당 부분은 기억과 망각을 주된 모티브로 한 "늙은 미
아"의 기억 여행으로 이루어져 있다고 할 수 있다. 이러한
노년의 "미아" 의식을 토대로 시집 전반을 이해하자면, 시
인은 더러는 희미하나마 아름답게 "일렁이는 황홀한 과
거"를, 더러는 유한한 생의 노년에 절감하는 "폐쇄된 미래"
에 대한 불안과 허무를, 혹은 "입력불능의 생소한 현재" 속
무수한 상실과 부재를 다룬다고 할 수 있다.

2. 기억 여행

『길손』의 시적 공간에는 기억의 어둠 속에서 일순간 밝
아오는 기억들과 그것이 환기하는 사라진 것들의 이미지
들이 떠다닌다. 그것들은 때로는 어린 시절에 살았던 시
골 마을의 풍경이나 세상을 떠난 사랑하는 이들의 허깨비
같은 그림자로 등장하고, 때로는 낯선 폐가에서 발견하는
지난 세월의 덧없음과 상실의 이미지 혹은 하나둘 장성하
여 품을 떠나버린 자녀들이 남긴 오래된 빈자리의 이미지
로 그려진다. 이 시집에 유독 애도시가 많은 이유도 기억
여행에서 절감하는 것이 숱한 상실과 부재이기 때문이다.

1) 기억의 '반딧불'

까마득한 기억의 어둠 속에 묻혀 있던 옛 고향 산골마을의 어둑어둑한 저녁 정경을 그린 시「반딧불이」는 과거속 장면이 일순간 화자의 시각, 청각, 후각 등을 자극하며현재 안에 밝아져 왔다가 사라지기까지의 일시적인 지속시간을 잔잔하고 다소 몽환적인 정취로 담아낸다. 이 시의 노인 화자는, 기억 안에서는 엄존하나 실은 부재하는과거의 사물들이 일순간 현재의 틈으로 침투하여 허깨비같으면서도 생생한 현존이 되는 역설적인 지점들에서 걷고, 사유하고, 바라보고, 냄새 맡고, 소리를 듣고 있고, 시인은 현재시제와 과거시제를 뒤섞는 방식으로 현재와 과거가 중첩되는 이러한 의식 상태를 전달한다.「반딧불이」는 이와 같이 '있음'과 '없음'이 중첩되는『길손』의 시적 공간을 이해할 수 있게 하는 대표적인 시이므로 조금 자세히 살펴보자.

"산골짜기서 내려온 어둠이/ 마을에 그득 실린다"라는현재시제 묘사로 시작되는 산골 마을의 어둑한 초저녁 풍경에는, 논에 물뱀인 "무자치가 지나[가고]", 밤이 되어 크게 울기 시작한 개구리들의 울음소리가 시골마을을 가득채우고, 물 괴인 "무논에" 하늘의 별들이 "눈을 비비[며]"하나둘 비치기 시작한다. 시각적으로나 청각적으로나 현재의 실시간 현장감을 전해주는 듯한 이러한 정취는 실은어둠 속에 묻혀 있던 기억이 잠에서 깨어나듯 하나둘 감각을 자극하며 조금씩 밝아오는, 기억의 이미지이다. 귓전에 가득 울리는 "개구리 울음" 소리를 듣는가 싶은 화자의 의식은 몽환적으로 "잠시 아득해[져]" 청각이 일순 오히려 둔화되는 듯이 흐릿하고 몽롱한 다른 기억, 즉 추억이 묻혀 있는 내면 시간 속 또 다른 영역으로 진입하고, 바로 그다음의 장면 묘사는 '있었다'의 과거 시제로 바뀐다. 이러한 시제의 변화는 이 시의 묘사의 대상이 견고한 물리적 풍경이 아니라 의식의 흐름을 따라 일순간 연이어 밝아오는 과거의 이미지들임을 독자에게 알려준다.

"매운 모깃불 서린/어스름 저녁 언저리"에 "땀내 헹군 그림자가/ 인기척을 내며" 나타나 화자와 "골목 어귀"에서 "엇갈리[고]", 어린 시절 "나를 놀래 준 허깨비 같이 산발한/ 키 큰 가죽나무"가 "돌담 너머/ 호롱불 숨소리를 엿듣고 있었다"라는 장면 묘사에서 볼 수 있듯이 추억은 오감을 깨우며 되살아나고 있고, "엿듣고 있었다"라는 과거 진행형 시제는 이 모든 것이 화자의 기억 속 과거임을 드러내는 동시에 그 기억 속 시간의 생생한 지속성을 전해준다. "돌담 너머/ 호롱불 숨소리를 엿듣고" 있는 것은 이 시에서 허깨비 같은 가죽나무가 아니라, 기억 저편으로 사라져버린 것들을 들릴 듯 말 듯한 소리로나마 느끼려 하는 화자 자신일 것이다. "어디서 한참 개가 짖어대고……"라는 말줄임표를 동반한 현재 시제가 이내 다시 등장하여 이러한 기억 속 시간으로의 생생한 현재적 몰입감을 전해준다.

그런데 여기서 전통적으로 죽은 혼령을 본다고 하는 개의 짖는 소리가 등장하는 것은 이 시의 정경이 기억 작용 너머의 초현실과 중첩되는 효과를 낳는다. 즉 그림자, 허깨비의 이미지와 함께 개의 짖음이 들리는 것은 그 자체로 타임머신을 타고 과거를 배회하는 듯한—혹은 타임머신을 타고 현재로 찾아 온 과거의 느닷없는 현현을 느끼는 듯한—화자의 의식 경험일 뿐 아니라, 과거와 현재의 경계를 오가는 화자의 의식 안에 산 자와 죽은 자가 함께하는 어떤 영적 공간의 가능성을 열어 보이는 시인의 의도적인 배치라고 볼 수 있다. 아니나다를까 개가 짖어대는 소리와 함께 등장한 말줄임표는 화자가 또다시 다른 기억속으로 진입하는 이정표가 되더니, 이제는 살았는지 죽었는지 모르는 이 산골 마을의 옛사람들의 이미지가 윤곽이 불분명한 형태로나마 등장한다.

상피 붙었다는 뜬소문이
반딧불이와 함께
초가지붕을 넘나들고 있었다

—「반딧불이」 부분

"넘나들고 있었다"의 과거진행형 시제는 마치 과거의 생생한 현장을 엿보는 듯한, 의식의 타임머신 여행과도 같은 분위기를 전해주지만, 되돌아간 과거의 그 현장에서 누구누구가 "상피 붙었다"며 풍문을 수군대던 초가집에 살던 마을 사람들의 이미지는 구체적인 사람의 목소리나 사건으로 등장하지 않아 윤곽이 모호하다. 먼 기억 속 "뜬소문"을 수군대던 마을 사람들이야말로 이제는 근거 없는 "뜬소문"으로조차도 행방을 전해 듣기 어려운, 잡히지 않는 존재들에 불과하다. 그들은 그저 어두운 기억의 저편에서 잠시 밝아오는 "반딧불이"의 빛처럼 아득하고 몽롱한 "허깨비" 혹은 그저 추억 속에서 "인기척을 내[는]" "그림자"에 불과하기 때문이다. "초가지붕을 넘나들고 있었[던]" "반딧불이"에 대한 기억 이미지는 이 시 전체가 마치 반딧불들처럼 부유하는 기억의 일시적인 점등에 불과함을 느끼게 해준다. 시의 마지막에서 화자는 마치 그 점등된 불빛을 놓치고 과거의 장소에서 일시에 길을 잃은 듯 "그들은 지금/ 다 어디로 갔을까"라고 묻는다. "그들"이 화자의 기억 속 옛 산골마을 사람들이라면 그들의 소재는 이제 이승일 수도, 저승일 수도 있다. 또한 "그들"이 화자가 기억하는 과거의 공간과 장면, 소리, 냄새 등을 총칭하는 것이라면 이 마지막 두 행은 화자의 기억 여행에서만 살아 있을 뿐인 "그들"의 여실한 부재를 환기하는 시의 마무리이기도 하다.

이렇게 애초에 어느 시골 마을의 초저녁 풍경 묘사처럼 출발했던 이 시는, 현재 속에 진행형으로 침투하는 과거가 일시적으로 기억의 어둠 속에서 하나둘 불 밝혀져

과거와 현재, 현실과 환각, 산 자와 죽은 자의 중간지대와도 같은 공간을 재현하고, 기억의 존속성과 동시에 그 기억 속 모든 생생한 이미지들의 여실한 과거성, 상실, 허무를 절감케 한다. 그래서 이 시에 등장한 어둠 속 반딧불이의 이미지는 한편으로는 공기 맑은 옛 산골마을에 대한 추억 속 풍경의 일부이고, 다른 한편으로는 『길손』의 재현 형식을 이해하는 시학적 길잡이가 될 수 있다. 『길손』의 많은 시들은 노년의 시적 자아의 현재 속에 마치 반딧불처럼 점점이 불 밝아왔다 사라지는 기억들을 직간접적으로 담아내면서, 궁극적으로 '있음'과 '없음'이 중첩되는 공간을 구축하고, 사라진 것들을 생생하게 소환하는 동시에 그것들의 부재를 환기하는 방식으로 이루어져 있기 때문이다. 즉 날갯짓을 하는 순간 어둠 속에서 빛은 밝아오고 날갯짓을 멈추면 밝혀진 빛은 어둠 속에 묻히는 반딧불이의 빛처럼 『길손』의 시 세계에서 기억은 현재 속에 과거를 새롭게 지속시키고, 동시에 세월에 스러진 것들의 부재와 상실을 안타깝게 불 밝힌다.

2) 부재들

그래서 '늙은 미아' 속 기억의 '반딧불이'가 떠다니는 『길손』의 세계에는 유독 오래되어 스러져가는 과거의 잔해들, 잊혀져가는 것들, 이미 사라진 것들, 그리고 현재 속에 유령처럼 존재하는 과거의 이미지들이 많이 등장한다.

「부재」에는 산행길에 본 폐가의 모습이 생생하게 묘사된다. "해골처럼 뚫린 풍창", "삭을 대로 삭은 문짝", "허물어진 파벽 사이/ 무시로 드나든 도둑 같은 세월" 등 오랜 세월 동안 버려지고 잊혀진 남루한 폐가의 모습 속에서 화자는 "모두 떠나버린/ 묵은 산답 언저리"의 "흔들리는/ 억새꽃 속에/ 옹그리고 앉아 있[는]" 한 노인의 쓸쓸한 모습을 떠올린다. 자식이고 주변의 젊은이들이고 모두 산골을 버리고 도시로 떠난 뒤 어쩌면 홀로 그 집에서 묵은 산답을 가꾸다 생을 마감했을지 모르는 쓸쓸한 노인의 인생이 이 폐가의 모습에 겹쳐지고, 그리하여 이 폐가는 "더 잃을 것 하나 없는/ 적막한 가슴"을 가진, 거의 해골같이 말라 비틀어진 노인의 모습으로 의인화된다. 화자는 그 잊혀진 적막한 삶의 흔적인 폐가마저 거의 다 허물어져가는 모습으로 "부재의 시간 저편으로/사그라지고" 있음을 본다.

또한 「민들레」에서도 버려지고 무너진 폐가의 모습 위로 산업화와 이농의 물결에 뒤처져 버림받은 삶을 살다 간 노인의 모습이 그림자처럼 중첩된다. "아스팔트 포장 길가/ 모두 떠나버린/ 시골 빈집/ 잡초 우거진 마당/ 무너진 돌담 옆에" 민들레 한 송이가 바람에 흔들리고 있는 모습을 묘사한 이 시는, 시의 본문에 "민들레"라는 말을 등장시키지 않은 채, "달리는 고속버스/ 출렁이는 바람결에/ 성근 흰 머리카락 날리며/ 날리며" "할머니 혼자/ 그림자처럼 앉아 있다"고만 묘사한다. 가족들 모두 떠나버린 그

빈집에서 홀로 생을 마쳤을지 모르는 할머니의 쓸쓸한 환영과도 같은 이 민들레의 모습은 세월의 흐름과 우리 사회의 급격한 변화로 인한 상실을 체현하는 한 단적인 이미지가 된다. 시인은 민들레 피어 있는 버려진 시골 집의 풍경이 상징하는 우리 사회의 과거와, 아스팔트 포장길을 달리는 고속버스가 상징하는 현재를 대비시키면서, 보이는 것 위로 보이지 않는 것의 유령 같은 현존을 중첩시키는 방식으로, 기억 속에 잊혀지고 사라져간 것들을 애써 소환한다.「부재」와「민들레」같은 시들은, 1970년대와 80년대 이후 급격한 산업화와 도시화로 도시인구의 급증과 농촌의 청장년 인구의 동공화를 겪은 한국사회의 격변의 틈새에서 버림받고 뒤처지고 속도를 맞추지 못하는 삶을 살다 간 수많은 시골 노인의 애환을 구체적인 풍경이나 이미지로 보여주는 시들이다.

물론 이러한 시들은 절대적인 부재 속으로 사라져갈 늙고 쇠약해진 인간의 모습을 쇠락한 풍경에 중첩시켜 환기시킨다는 점에서 세월의 덧없음이 실린 늙음의 모습에 대한 초상들이기도 하다. 그러나 궁극적으로 시인은 초고속으로 달라져가는 세상의 변화 옆에 비껴서서, 그 달라진 세상과 이질적인 모습으로 남아 있다가 힘없이 밀려나 버려지고 사라지고 잊혀가는 삶들의 아픔과 흔적을 마치 넝마장이처럼 상상력과 기억의 집게로 수집하고 소환하여 그려낸다고 할 수 있다. 비어 있고 스러져가고 무너진 모습에서 그곳에 부재하는 것을 선연하게 상상함으로써 그 부재의 역설적 현존이 가시화되는 새로운 현실 인식을 제시하는 것이다.

노년에 방문한 옛 고향의 모습에 대한 시「불귀」역시 '부재'하는 것들로 '가득 찬' 역설적인 풍경이 제시된다. 이 시는 고향 풍경에 대한 적극적인 묘사라기보다, 달라진 고향 마을에서 더 이상 존재하지 않는 것들, 즉 옛 기억 속 사람들과 사물들의 '사라짐'에 대한 묘사로 채워진다. "동구 밖 감나무"에서 "늘 청승맞게 울어대던 그 까마귀들"이 "어디로 갔[는지]" 보이지 않고, 논과 밭은 잡초가 우거져 이미 옛날의 논과 밭이 아니고, "참새 떼 쫓[던]" 허수아비는 "허위적거리며 어디로 갔[는지]" 보이지 않으며, "논두렁 돌아돌아/ 섧게 울며 시집간 순이"는 "늙어서 친정을 잊었[는지] 친정이 없어져서 고향을 버렸는지" 소식도 모습도 없다. "아들 따라 손주 따라/ 바뀐 세상 따라서/ 뿔뿔이 떠나간" 어릴 적 동무들을 떠올리며 화자는 그들이 "하마 어디서 이 세상 하직하였을라"라고 적막해 한다. 화자의 고향마을 방문은 이미 옛 모습을 잃은 것들, 사라진 것들, 돌아올 수 없는 것들을 기억 속에서 소환하여 대면하는 제의일 뿐이다. 시의 마지막에서 화자는 "마을 뒷산 명당자리/ 잡목 덤불에" 뒤덮혀 잊혀진 채 "속절없이 흔적 없이/ 사그라지고 있는" "적막한 폐묘들"을 묘사한다. 누군가가 이 세상에서 살다가 '사라졌음'을 기억하는 기념자리인 묘들마저 '사라지고' 있는 것이다. '한 번 가서는 다시 돌아오지 않는다'는 뜻인 불귀(不歸)는 흔히 죽음을 비유적으로 표현할 때 쓰이는 말이지만 이 시에서는 묘사하는 모든 대상들에 적용되는 표현이라고 할 수 있다. 이 시는, 사라져 되돌아오지 않는 그러한 "불귀"의 사물과 자연과 사람들에 대한 것이기 때문이다. 그래서 고향으로 되돌아온 화자의 행위는 돌아옴이 아니라 낯선 곳의 방문이 될 수밖에 없고, 화자가 돌아온 곳은 고향이라기보다 그 고향의 '부재'를 확인시켜주는 이정표에 불과함을 이 시는 드러낸다.

『길손』의 화자들에게 기억 속 과거는 영원히 분리될 수도 그렇다고 온전히 회복될 수도 없는 것으로, 이와 같이 종종 현재의 의식 속에 생생히 현현함으로써 오히려 달랠 수 없는 상실과 허무감을 환기시킨다. 「미망」 역시 그러한 예이다. 제목의 뜻처럼 '아직도 있을 수 없는' 기억에 관한 이 시는 하나둘 둥지를 떠나간 자녀들과의 이별을 다룬다. "방학이면/ 으레 돌아왔었지"라는 회상으로 시작되어, 어린 자녀가 하나둘 성인이 되어 타지로 진학하고 또 짝을 찾아 떠나가는 식으로 조금씩 단계를 밟아 진행된 이별이 남긴 '아직도' 지워지지 않는 빈자리를 이 시는 그려낸다. "낯선 서울로/ 큰애 처음 떠나보내던/ 그날 새벽 플랫폼"에서 눈물 "글썽이던 아내가 나직이/ 〈이제 우리 품을 떠나가네요⋯⋯〉"라고 속삭이던 순간에 이미, 자녀가 차츰차츰 부모 품에서 벗어나 떠나가버리게 마련인 "인간의 은밀한 이별은 시작되[었]고", 대학 간 자녀가 돌아오는 방학을 기다리던 시절에 "손때 묻은 책과/ 귀여운 인형들이/ 눈 깜박 않고/ 기다리고 있는" "그대로 둔 방"에서 자식을 손꼽아 기다린 것은 인형들도 방도 아닌, 화자와 그의 아내인 것은 말할 나위가 없다. 그렇게 방학이면 자녀가 돌아오던 시절도 이미 끝이 나, 자녀들은 하나둘 "기러기처럼/ 모두 짝지어/ 떠나가 버[렸고]", "그대로 둔 방"의 주인이었던 자녀들에게는 부모에게 어김없이 돌아오던 "방학이 없어졌[다]." 이렇게 자녀가 부모의 품을 떠나가는 소리 없는 이별의 매 순간은 "질긴 몇 올 정의 색실/ 끊어져 나부끼던" 순간으로 그려지고, 자녀들이 떠나가 버린 곳은 화자의 "내면의 빈 하늘로" 묘사됨으로써, 품을 떠난 자녀들의 부재로 인한 그리움과 품 안의 정을 끊는 그 이별의 통증은 "아직도 잊혀지지 않는" 형태로 지속되어 화자의 현재를 텅 빔으로 채우는 역설적인 부재가 된다. "그대로 둔 방"은 곧, 이제 다시는 방학이 되어 둥지로 돌아오지 않는 자녀를 "아직도" 기다리는, 끝없는 기다림과 상실이 있는 화자의 기억 속 영원한 '빈방'이 되는 것이다. 또한 이러한 '미망'의 주제는 기억을 주요 모티브로 하는 『길손』에서 '망각'의 주제와 마찬가지로 시적 자아의 시선과 인식의 한 굵은 결을 이룬다.

3) 죽은 이들

이와 같이 기억 속에서 출몰할 뿐 영원히 되돌아오지 않는 것들에 대한 사유는 또한, 『길손』에서 세상 떠난 사랑하는 이들에 대한 기억을 다루는 시들 혹은 그들의 죽음에 대한 여러 애도시들을 낳는다. 그중 「산행」, 「잠적」, 「출타」만 간단히 살펴보자.

자연 풍경 속에서 먼저 세상을 떠난 자의 빈자리를 보는 여러 시들 중 하나인 「산행」은 인생을 '산행'에 비유하여 그 허망함을 토로한다. 산행길에 있는 이 시의 화자는 구름과 꽃들과 초록의 자연이 어우러진 탁 트인 경관을 지나 산속으로 점점 깊이 접어들어 마침내 "새소리도 물소리도 명멸하는" "첩첩산중"에 홀로 이르고, 여기에서 세상을 먼저 떠난 많은 친구들을 떠올린다. 아마도 살아서는 화자와 종종 "앞서거니 뒤서거니" 하며 산행을 함께했던 그 친구들을 생각하며 이 노년의 화자는 "내 길동무들/ 다 어디로 갔나"라고 묻는다. 아무리 "가도 가도" 한 번 앞서간 동무들 중 "아무도/ 돌아오지 않는" 채워지지 않는 상실감 속에서 인생이라는 길이 "허허 막막한/ 일방통행"임을 화자는 새삼 절감한다.

「잠적」 역시 어느 저녁의 한 장면에 대한 묘사를 통하여, 여러 벗들을 먼저 떠나보내고 홀로 남은 노인 화자의 내면 풍경, 특히 죽은 벗들에 대한 애절한 그리움을 잘 보여주는 시이다. 저녁 노을이 한창인 어느 가을날 혼자 숲의 벤치에 앉아 술을 마시고 있는 화자의 시선에 비치는 주변 풍경은 노쇠한 육체, 기억의 쇠퇴, 소멸로서의 죽음 등을 환기하는 쓸쓸한 이미지들—"썰물 지는 하늘", "수림 앙상한 늑골", 하나둘 떨어지는 낙엽, "사위는 기억", "마른 가을바람", "비틀거리며 사라지는" 그림자, "여윈 손바닥 같은/ 단풍 몇 잎" "떨고 있는 식은 벤치" 등—로 가득 차 있고, 더 이상 함께 술을 마시지 못하는 옛 벗들이 남겨놓은 화자의 허전한 "빈 가슴"은 "술잔[이] 넘치[는]" 것에 반비례하여 커져간다. 결코 죽은 자를 이승으로 불러낼 수는 없는 부질없는 "서툰 주문"과도 같이 세상 떠난 벗들의 이름이 술기운 오른 화자의 "혀끝에서 머들거리[며]" 맴돌고, 일순간 그 서툰 주문의 효력인지 화자의 "몽롱한 시야의 문을 비집고" 환영처럼 죽은 벗인 "당신"이 "[옷]깃을 세운" 생전의 모습으로 "기웃거리[며]" 나타난다. 반가워 "여!" 하고 화자가 그를 부르는 순간, 벗은 "자욱한 낙엽에 묻혀가는" 뒷모습만 남기고 사라져 "잠적"해버린다. "잠적"이란 어딘가에 있으되 모습을 드러내지 않고 종적을 감추는 것이다. 세상을 떠난 그리운 벗들의 이름을 술기운에 마치 주문처럼 되뇌자 환영처럼 한 벗이 언뜻 나타났다 사라지는 이 시의 사건을 시인은 굳이 "잠적"이라고 이름 붙임으로써, 죽은 벗의 절대적 부재를 애써 부인하고 싶은 화자의 마음 상태를 전한다. "잠적"한 "당신"이 서툰 주문 탓에 제 모습을 온전히 드러내지는 못하는 유령의 모습으로라도 되돌아와, 술이 얼근한 화자의 몽롱함 속에 다시 기웃거릴 수 있기를 바라는 것이다.

죽은 벗에 대한 애절한 그리움을 다룬 또 다른 시 「출타」는 본격적인 애도시의 형식을 띠고 있다. 시인은 죽은 박현서 시인과의 추억이 서려 있는 온갖 장소들─"낙동강", "동해 변두리 산사", "전라도 남해안 외딴 섬", "갯바위 낚시터", "목요일마다 만나던/ 남포동 목로주점", "배낭을 매고 돌던/ 이국 유럽 구석구석", "동광동 다락방 골목집", "동의대학 강의실" 등─을 일일이 거명함으로써, 그 장소들을 갈 때마다 기억 속에 되살아나는 친구를 정작 그 장소들에서 더 이상 볼 수 없다는 상실감으로 표현한다. 그러나 "술도 친구도/ 당신의 시심이 머물던/ 낙동강도 버리고/ 애용하던 차를 몰고/ 기약도 없이 어디로 갔나"라고 물음으로써 친구의 죽음을 잠시 어디론가 가버린 "출타"로 이름 붙이고, "친구가 그리워 돌아오려나"를 반복함으로써, 친구의 죽음을 부정하는 방식으로 차마 작별하지 못하는 심정을 드러낸다. 결국 "부어 논 술잔 허전한 언저리" "기다리는 우리들의 빈 가슴"이 암시하듯 이러한 "돌아오려나"의 자기 최면은 결코, '돌아올 수 없는' 길로 친구를 영원히 떠나보낸 믿기지 않는 상실의 아픔을 역설적으로 드러내는 것임은 물론이다.

3. 신에 대한 사유

죽음과 상실에 천착하는 노년의 사유는 한편, 『길손』의 여러 시들에서 신에 대한 존재론적 사유로 이어진다. 이들 시에서 신은 끊임없이 의식되면서도 동시에 그 존재가 부정되거나, 신의 정의와 인간의 정의의 간극으로 인하여 신의 존재성이 회의적 혹은 냉소적으로 유보되는 양상을 보여준다. 이러한 주제는 손경하 시인의 초기시에서부터 전쟁의 참상과 전후의 폐허 및 가난을 배경으로 하여 삶의 부조리에 대한 신의 뜻을 질문하는 방식으로 지속되어온 주제이기도 하다. 『길손』에서는 이러한 실존적, 종교적 주제가 한편으로는 죽음에 대한 노년의 자의식과 결합하는 측면이 있고, 다른 한편으로는 결코 쉽게 옛 '과거'로 잊혀지기 어려운 우리 사회의 고난의 기억들을 상기시키는 타국의 비극을 바라보는 시선과 결합하기도 한다. 대표적인 시로 「안개소묘」, 「그림자」, 「목마른 사막」, 「사라진 아르메르 읍邑」, 「풍문」을 들 수 있다.

1) 소멸의 신

안개로 인하여 한 치 앞도 보이지 않는 겨울 풍경에 대한 언어적 소묘인 「안개소묘」는 그 풍경 자체가 기억의 소멸과 죽음의 불확실성에 천착하는 노년의 마음의 풍경이 되어, "늙은 미아"의 방황의 모티브와 일맥을 이룬다. 그런데 이승의 인연도 욕망도 다 내려놓고 인생의 유한함에 순명하면서 '홀가분히' 떠나고자 하는 소망이 표현된 「그대 홀가분한 길손으로」 같은 시에서와는 달리, 이 시에서는 인생의 유한함을 담보로 인간을 두렵게 하여 미지의 운명에 굴복하도록 이끄는 신의 비열함에 대한 냉소가 보인다. 이 시의 화자는 안개 낀 풍경의 "환한 어둠" 속에서 "머릿속 길을/ 하이얗게 지워버리는" 죽음의 "섬뜩[함]"을 본다. 안개는 신의 "하수인"인 양 "자욱이 몰려와" 모든 것을 일시에 뒤덮어 소멸시키는 "소리 없는" 힘을 과시하는 듯 사냥개처럼 사납게 화자를 급습하고 위협한다. 화자는 "얼굴을 감춘""배후의" 존재, 아마도 신으로 명명할 수 있을지 모르는 그 불가지의 존재에게 "집요하게 아직도 내게/ 무엇을 원하는가"라고 묻지만, 신의 묵묵부답을 암시하는 듯한 말줄임표의 끝에 "……소용없는 일이다"라고 말하며 시를 맺는다. 이 '소용없음'은 한편으로는 신의 대답을 들을 수 없는 자신의 질문 자체의 소용없음이고, 다른 한편으로는 "안개"의 모습을 한 소멸의 이미지로 몰려와 자신을 굴복시키려고 하는 신의 시도 역시 결코 승산 없는 "소용없는" 일임을 암시하는 것이기도 하다. 만약 죽음이 철저한 '소멸'이라면, 산 인간으로서 신의 섭리인 죽음을 이해하고자 하는 시도도, 신이 인간의 생명을 가져가려는 시도도, 궁극적으로 모두 무산되는 시도들이기 때문이다. '나'의 의식은 죽음의 순간 더 이상 지속되지 않고,

신이 그 생명을 앗아간들 신이 소유한 것은 이미 신이 노린 '나'가 아니라 나의 '소멸'에 불과하기 때문이다. 즉 신은 유한한 생명을 소멸시킬 수 있을지언정 그 생명을 결국 소유하지 못한다는 인식이다. 이러한 인식의 기저에는 설령 신이 있다 해도 결국 소멸의 신만이 있는 게 아니냐는 무신론에 가까운 지독한 허무의식이 있는 셈이며, 혹은 더 엄밀히 말해서 불가지론의 '유보적인 신'만이 화자의 사유의 정직한 위치로 보인다.

신에 대한 냉소적 인식이 보다 극명하게 드러나고, 죽음의 비정함과 허무에 대한 직시가 강렬하게 두드러지는 시로 「그림자」가 있다. 이 시에서 화자를 "미행하는 불명의 그림자"는 「안개소묘」에서 "안개"의 이미지가 그러했듯이 언제 어느 순간 삶을 급습할지 모르는 죽음의 그림자에 대한 이미지인 듯하다. 이 "그림자"는 탐정소설에 나오는 형사나 탐정처럼 "[옷]깃을 세[우고]" "숨죽인 발걸음"으로 화자를 뒤따르고, 혹은 카메라를 들고 특집 속보를 건질 요량으로 집요하게 미행하는 파파라치의 모습 같기도 하다. 화자가 미행을 눈치를 챈 듯 돌아보면 "흠칫 고개를 돌려 담뱃불 붙이는 척/ 사갈蛇蝎의 눈빛으로 힐끗힐끗" 화자의 "뒷모습을 핥고" 서 있는 모습이 마치 인간의 영혼을 가져가려 기회를 노리는 악마의 모습 같기도 하다. 이 그림자가 노리는 절호의 순간은 화자가 "실수로/ 어쭙잖게 육교나 지하철 계단을 헛딛고/ 일순, 나자빠

져 박살이 난/ 낭자한 현장"이며, "쾌재를 부르며" 달려들
어 마치 "파파라치의 비정한 앵글처럼" "집요한 플래시의
날로" 화자의 몸을 해부하여 "내 골수나 심장 깊이 뿌리내
린/ 아무도 다스릴 수 없는/ 불령의 핵"을 가져갈 수 있게
되는 그 죽음의 순간이다. 즉 "그림자"의 임무는 무슨 신
의 이름이나 어떤 이념으로도 길들일 수 없는 생명 그 자
체로 요동치는 어떤 핵, 어쩌면 영혼이라고 이름 붙일 수
있을 그 무엇을 찾아서 가져가는 것이다. 그러나 「안개소
묘」에서와 유사하게 이 시는 "그림자"가 결코 그 임무를
성공적으로 완수할 수 없다는 인식을 보여준다. 죽음과
동시에 화자의 생명의 핵은 "질주하는" 초고속 열차처럼
순식간에 "증발"해버리기에 "불령의" 화자의 영혼을 차지
하려고 했던 "그림자" 혹은 그 배후의 신은 이미 "아득히
증발"해버리고 없는 화자의 부재만을 "실의의 시선"으로
확인할 수 있을 따름이라는 것이다. 그런 점에서 신은 이
"다스릴 수 없는" "불령[한]" 인간의 신앙을 얻지도, 그 영
혼을 자기 것으로 하지도, 혹은 악마에게 그 영혼을 넘겨
주어 처벌하지도 못한다. 왜냐하면 화자에게 죽음은 육체
와 영혼의 분리라기보다 곧 생명의 "증발"이고, 설사 영혼
이 분리된다 해도 화자가 "나"라고 명명할 수 있는 그 "핵"
은 이미 죽는 순간 "증발하고 없[기]" 때문이다.

한편, 이 "그림자"는 그 단어의 뜻이 지니는 암시로 인
해, 육체와 정신, 생과 죽음의 경계를 탐구하는 화자 자신

의 정신의 "그림자" 즉 생명의 실체에 대한 집요한 지적 욕망을 암시한다고도 볼 수 있다. 생명과 죽음이 무엇인지를 알고자, 생과 사가 갈라지는 순간에 대하여 탐구하려는 것은 필연적으로 인식과 논리의 교착점을 맞이할 수밖에 없는 태생적 한계를 지닌 욕망이기도 하다. 죽음을 경험적으로 명료히 논증할 수 없는 것이 인간이며, 설사 죽음이 무엇인지 죽는 직후 영혼이 깨닫는다 해도 그 앎은 산 자의 언어로는 전달할 수 없기 때문이다. 그래서 이러한 지적 탐구의 결론은 언제나 종교적 상상력으로 재현될 수 있을지언정 지성의 차원에서는 언제나 지연되고 무산된다. 인간을 인간이게 해준 영혼의 핵, 혹은 그 존엄성의 핵은 육체가 죽는 순간 "증발"하며, 산 자의 인식으로 죽음을 탐색하려 한 이 탐정 같은 기민한 인식은 결코 자신의 일에 성공할 수 없는 것이다. 그러므로 「그림자」는 언제 찾아올지 모르는 죽음에 대한 끊임없는 자의식을 담아내면서, 한편으로는 신과 죽음에 대한 무신론에 가까운 냉소와 허무감을 드러내지만, 그에 못지않게 인식론적 탐구의 성격을 지니고 있다고 할 수 있다. '내'가 나를 '나'라고 인식하는 지점은 어디까지인지, '나'는 어디서부터 육체이고 어디서부터 정신 혹은 영혼인지, 혹은 내 속에 생명이 빠져나가고 내가 영혼이 된다면 그 영혼은 얼마만큼이나 '나'인지 등의 질문을 품고 생명과 죽음의 경계, 혹은 생명과 죽음의 정체에 대한 탐구와 그 탐구가 봉착하는 인간 인식의 한계에 대한 좌절을 담아내는 측면이 있는 시이다. 그러나 그와 동시에 이 시에서 간과할 수 없는 것은, 인간의 인식의 영역에 온전히 들어올 수 없는 죽음의 정체를, 결코 쉽게 길들일 수 없는 "불령의" 생명력에 대한 탐구와 중첩시킴으로써 역설적으로 인간을 인간이게 하는 그 "다스릴 수 없는" 생명의 신비에 대한 경이로움을 신과 죽음에 대한 냉소와 허무감의 이면에 담아내고 있다는 점이다.

2) 신의 정의와 인간의 정의

이와 같이 『길손』의 노년의 시적 자아가 천착하는 죽음이 홀가분한 '귀로'이기보다 허망한 '증발'로 인식될 때, 신에 대한 사유는 무신론이나 불가지론에 더욱 가까워지고, 설사 신이 있다 해도 그 신은 인간에게 무관심하거나 비정하고 심지어 잔인한, 지극히 부조리한 신이 되고 만다. 이러한 인식은 특히, 극심한 가뭄이나 가난, 전쟁, 화산폭발 등을 소재로 하여 그 비극에 희생된 인간들의 참담한 고통의 이면에 있는 신의 정의는 무엇인지를 묻는 시들에서 두드러진다.

"목숨이 귀중하다"는 말이 무색하게 "지금 이 시각에도" "수많은 목숨들이 숨을 거두고 있는" 소말리아의 가난, 전쟁, 가뭄, 질병의 참상을 다룬 시 「목마른 사막」에서 화자는 "긴 세월 하늘도 땅도 메말라/ 나목처럼 마른 인간의 엄마/ 그 여윈 가슴에 매달린/ 거미 같은 어린이들"의 모습에 "신도 버렸는가"라고 통탄하며 신의 비정함에 대한 원망을 드러낸다. 그러나 이 시의 경우, 모든 것이 신의 비정함으로 돌려지기보다는 무구한 생명들의 죽음에도 아랑곳하지 않는 "권력에 눈이 먼 짐승 같은 지도자들"에 대한 분노 또한 자리하고 있기에, '신도 버린 듯한' 이러한 비극이 혹시 인간의 죄에 대한 신의 징벌이 무차별적인 참상으로 나타난 것인지에 대한 물음이 엿보인다. 신의 징벌이라는 이러한 화두는 "죄 받을" 우리 사회의 현재에 대한 자성으로 이어지는데, 한때 소말리아처럼 "침략과 전쟁과 굶주림으로/ 삶의 밑바닥을 핥으며 살아온/ 어렵고 긴 시절"을 보냈던 우리 사회가 "어제를 잊은 황폐한 가슴"으로 오늘날 "빚으로 사는 졸부"가 되어 "한 해에 헤피 버리는 음식물이/ 팔조 원이 넘는 죄 받을 나라"이기 때문이다. 먼 타국의 수많은 사람들이 겪는 참상의 고통에 대한 안타까움과 함께 언제 비정한 신의 심판이 내려도 할 말이 없을지 모르는 우리 사회의 현재를 성찰하고 비판하는 이 시에서, 신은 매우 비정하지만 어쩌면 그 나름의 징벌의 논리를 가졌을지 모르는 신으로 애써 이해되는 듯도 하다. 혹은 적어도 신이란, 그 존재는 부정할 수 있지만 인간의 삶을 고결하게 만들기 위해 두려움의 대상이 될 필요가 있는 일종의 '필요한' 신으로 암시된다고도 볼 수 있다.

「목마른 사막」과 유사하게 타국의 비극을 다루었지만

「목마른 사막」에 비해 신의 정의에 대한 이해의 노력이 훨씬 더 힘들어지고 그 부조리함이 더 부각되는 시가 「사라진 아르메르 읍」이다. 콜롬비아의 가난한 농촌 아르메르 읍에서 일어난 화산 폭발의 대참사를 다룬 「사라진 아르메르 읍」의 경우, 악을 징벌하기 위해 죄짓는 인간들을 징벌하기보다 무구한 속죄양의 희생을 요구하는 비정한 신의 부조리함에 대한 항의가 두드러지기 때문이다. 이 시의 화자는, 네바도 델 루이스 화산의 폭발로 송두리째 파괴된 아르메르 읍을 두고 흔히 신의 징벌인 화산폭발로 사라져버렸다고 전해지는 고대 로마의 "환락과 퇴폐의 도시/ 폼페이가 아니[다]"라고 항변한다. 아르메르 읍은 "목화와 커피를 재배하며 살아가는/ 콜롬비아의 가난한 농촌"일 뿐인데, "1985년 11월 13일 밤 11시/ 4세기 동안 잠자던 네바도 델 루이스 화산이 폭발하여/ 용암은 만년설을 녹여/ 다섯 개의 강은 범람하고/ 하늘을 덮은 화산재와 진흙으로/ 수많은 목숨을 삼[켜버려]" "아르메르 읍은 사라졌다"는 것이다. 기자의 카메라를 통하여 세상에 알려진 바에 따르면, 이렇게 희생된 사람들 중 "13세의 소녀 오마이라 양은/ 굳어가는 진흙 늪 속에 파묻혀" 제 날짜에 못 보게 될지 모르는 "수학 시험을 걱정하며 죽어갔다." 화자는 오마이라 양의 비극에 대한 보도와 〈하느님! 왜 우리에게 이런 일을 하십니까〉라는 농부의 절규를 인용하면서, 과학이 "뜻 없는 지각변동"이라고 말하는 이 "자연 현상"의 이면에 대체 신의 무슨 뜻이 있는지 묻지 않을 수 없는 농부의 질문을 곧 자신의 질문으로 삼는다. 화자는 콜롬비아에서 "화산이 터지기 일주일 전/ 대법원장을 포함한 근 백 명의/ 동족을 무참히 살해한 무법 행위와 이것은 무관한 일일까" 혹은 "인구 삼천만의 4%가 GNP의 40%를 독점하고/ 빈민은 60%, 국민 5분의 1이/ 마약밀매와 밀수에 가담하고 있는 일과/ 이것은 정말 무관한 일일까"라고 질문함으로써, 「목마른 사막」에서 그랬던 것처럼 애써 인간의 비극 이면에 숨어 있을지도 모르는 신의 정의를 어떻게든 이해해보려 애쓴다. 이쯤 되면 화자의 사유는 무구한 아르메르 읍을 폼페이와 연결하는 셈이고, 화산 폭발은 일종의 신의 징벌이 될 수도 있는 것이다. 그러나 이러한 사유는 궁극적으로 "또다시 악을 징벌하기 위하여/ 어진 목숨을 골라서 속죄양으로/ 끌고 가는 비정한 처방을/ 내린" 신의 정의의 절대적인 부조리함에 대한 인식으로 이어지고, 화자는 "순교자 호세 아르메르의 이름을 딴" 아르메르 읍이 그 이름의 운명처럼 "순교읍"이 되어 버린 것이냐고 신에게 질문한다. 기독교 신화에서 신이 예수라는 속죄양을 필요로 했던 것처럼 가장 무구한 목숨을 앗아가는 것이 신의 처방이라면, 어린 소녀와 순박한 농촌이 희생된 재난 이면에 있는 신의 정의란 인간의 정의와는 엄청난 간극이 있는 부조리하기 그지없는 것이기에, 「사라진 아르메르 읍」은 신의 심판을 받았을지도 모르는 인간 사회의 온갖 타락과 부조리를 성찰하면서도 궁극적으로 신의 섭리의 비정함에 대한 통탄과 자연의 재앙 앞에서 느끼는 해소할 수 없는 인간의 무력감을 말하는 시라고 할 수 있다.

3) '없음'으로 거기에 '있는' 신

이와 같이 손경하 시인의 시들에서 신은, 신이라고 부르기에는 비정하거나 인간에게 무관심하거나 혹은 그저 부조리나 부재 그 자체에 가깝고, 그러면서도 언젠가 다가올 죽음에 천착하며 인간과 사회를 돌아보는 노년의 사유에서 끊임없이 사유의 대상이 된다.「풍문」역시 신에 대한 직접적인 언급은 없지만, 사막의 바람을 타고 물결 모양으로 생겨나는 모래 무늬, 즉 '풍문'의 이미지를 통하여 어쩌면 신이라고 부를 수 있을지 모르는 어떤 초월적 존재에 대한 냉소적인 회의와 모종의 믿음이 중첩하는 의식을 보여준다.

「풍문」의 화자는 "목이 타는/ 뜨거운 사구의/ 대낮"에 "수렁"같이 발이 푹푹 빠지는 "아득한 모랫벌"에서 "비틀거리며 쓰러지고/ 다시 일어서[며]" 혼자 걷고 있다. 삶의 가혹한 벌판을 상징하는 듯한 뜨거운 사막은 "가도 가도" "가없는 수렁"이다. "소용없는 하늘"에 "소리를 질러 보아도" 그저 잔인하게 "끓는 하늘"은 아무런 응답을 주지 않는다. 그런데 이러한 화자가 "누가 나를 따라온다"라고 느껴 뒤돌아보면 아무도 없고 그저 사막의 바람에 생겨난 모래 무늬가 보일 뿐이다. 이 무늬를 신이 보이지 않게 늘 인간과 함께한다는 흔적으로 해석할 수 있을까? 이것이 화자가 던지는 질문인 듯 하지만, 화자는 시의 마지막에서 "누굴까/ 나를 싸늘하게/ 웃고 있다"라고 말함으로써 신의 존재의 부조리성에 대한 복합적인 인식을 드러낸다. 보이지 않는 곳에서 신은 인간의 인식의 한계가 지니는 어리석음을 싸늘하게 조소하며 인간이 결코 이해할 수 없는 섭리로 존재하는 것일까. 혹은 설사 신이 존재한다 해도 모래의 물결무늬로 현존을 알리며 그저 현혹할 뿐 인간의 가혹한 생존의 현실에 대해서는 그저 차갑게 웃는 잔인한 신만이 있는 것일까. 이러한 질문을 통해 화자가 인식하는 신이란 인간과 소통할 수 없는 신이거나 인간의 삶과 무관한, 부재에 가까운 신일 수 있을 뿐이다. 그러나 이 싸늘한 웃음이 신에 대한 인간의 이 모든 추론 자체의 오류를 비웃는 것이라면, 일말의 신적 섭리의 존재성을 불가지의 영역으로나마 소망처럼 남겨놓는 셈이므로, 이 시에서 신의 존재 자체는 부정과 긍정의 아슬아슬한 경계에 남는다고 볼 수 있다.

이와 같이 『길손』의 노년의 시적 자아는 죽음에 대한 천착과 불가분의 관계로 인간의 불가항력적인 고통의 이면에 있을지 모르는 신의 뜻에 대해 질문함으로써 여러 시들을 종교적으로 만들지만 그러한 탐구는 늘 인간 인지력의 한계에 대한 무력함에서 멈추거나, 무신론에 가까운 유보적이고 불가지론적인 부조리 신에 이르곤 한다. 시인은 어쩌면 그러한 경계지대의 사유 안에서 "신을 부정하면서도 신을 두려워[할 줄 아는]"(「한의 바다」) 자성적 인간정신의 가치에 무게를 두고 있는지 모르며, 그것이 인간 지성의 힘에 대한 믿음과 그 한계에 대한 겸허함을 동시에 지닌 모종의 정직함일지도 모른다. 또한, 손경하 시인의 시에서 신은 '있음'과 '없음'의 어느 중간의 영역에, 늘 '없음'으로 거기에 '있는' 역설적이고 모순적인 존재라는 점에서 '부재'를 환기시키는 형태로 '현존'하는 시적 자아의 기억들과 유사한 성격을 지닌다.

4. 한국 현대사의 장면들

노년의 자의식을 토대로 인생과 세상을 돌아보고 죽음과 신을 사유하는 『길손』의 화자들에게 흔히 동반되는, 희미한 혹은 생생하게 되돌아오는 과거의 기억들은 많은 경우 시인이 목도한 한국 현대사의 여러 국면을 그 배경으로 하고 있다. 대표적인 시들로 「달빛」, 「꽃모자」, 「다시 광주에」, 「묘비명」, 「할미꽃」 등을 들 수 있는데, 일본 제국주의의 식민 지배로부터 해방을 맞이하던 무렵의 한 장면이 있는가 하면, 6·25 전쟁 직후의 삶에 대한 기억, 혹은 군부독재와 싸우는 민주화 운동에 대한 회상이 등장하기도 하고, 1980년대 이후 가속화된 도시의 인구 집중으로 달라진 삶의 풍경이 포착되기도 한다.

1) 희망의 "달빛"과 "꽃모자"

「달빛」은 어린 시절 어머니에 대한 기억의 한 장면이 곧 우리 현대사의 한 장면이 되는 시로서, 한편으로는 어머니에 대한 시이고, 다른 한편으로는 일제 강점기의 터널을 막 벗어난 한국 현대사 서막의 이정표적 장면을 담아내는 시이기도 하다. "해방이 되던/ 그해 어느 날이던가"라며 기억도 가물가물한 나이의 어느 날을 화자는 회상한다. 화자의 기억 속 그날, "어머니는/ 뒷방 구들 속 깊이 묻었던/ 놋쇠 제기를 파내어서" 놋쇠에 끼인 "푸른 동록을 닦고" 있었다. 일제의 포탄용 군수 물자로 징수당하지 않도록 구들 깊숙이 파묻어 두었던 놋쇠 제기에는 두터운 녹이 끼어 있었고 이를 몹시 못마땅해 하는 듯 "연신 어머니는 혀를 차면서⋯⋯" 놋쇠 제기를 닦는다. 말줄임표가 암시하듯, 두터운 동록을 모두 다 닦아내는 일은 한참의 노동과 시간을 요구했을 것이며, "잿개미 검은 손끝"이 되도록 놋쇠제기를 닦고 있는 어머니의 노동은 식민지의 암울한 터널을 갓 지난 우리 민족이 한 많은 가슴—"연신 혀를 차[는]" 어머니의 모습이 암시하는—을 애써 달래고 털어내며 새 출발을 하려고 애를 쓴 그 노력을 상징한다. 이윽고 놋쇠그릇에서 "구름 미어지는 틈새 하늘의/ 달빛 같은"

윤이 서서히 살아나기 시작하고, 그와 함께 "어머니의 미소"도 입가에 번져갈 때 그 미소와 함께 서서히 살아나고 있었던 것은 바로 희망이었을 것이다. 가슴 "미어지는" 식민지 상처의 먹구름으로 뒤덮여 있는 우리 역사의 어두운 하늘에서 그 먹구름 틈새로 가는 "달빛"과도 같은 희망을 공들여 스며들게 함으로써 새롭게 시작할 수 있었던 우리 역사의 전환점을 이 시는 기억 속 한 상징적 장면으로 제시한다. 또한, 조상에게 제사를 지내는 놋그릇을 공들여 닦아 윤을 내는 어머니의 행위는 전통과 단절되었던 역사와 새로운 관계를 이어가며 민족의 정체성을 찾아가려 한 노력을 상징하는 것이기도 함은 물론이다. "——먼 옛날의 일이다"라는 마지막 행은 긴 줄표 부호가 암시하듯 그 기억 속 장면과 현재 사이에 놓인 엄청난 시간적 간극에 만감이 교차하는 화자의 심정을 드러낸다. 아마도 그 만감 속에는 그 시절을 살아내며 자식을 길러낸 어머니에 대한 경외감과 그리움이 있을 것이고, 그와 동시에 어머니의 노동으로 상징되는 과거 세대의 노력의 결실들이 곧 우리가 누리는 현재의 토대가 된다는 암시가 들어 있는 듯하다. 이렇게 시인은 시간의 간극을 성큼 지워 반세기 전의 구체적인 장면으로 독자를 들어가게 하는 방식을 통해 해방 직후 우리 현대사의 서막을 환유적으로 제시하고 있는 것이다. 그것은 역사의 질곡의 긴 터널의 끝에서 맛본, 앞선 세대들의 공들인 희망을 기억하려는 시인의 의지를 보여준다.

「꽃모자」는 한 세대를 거슬러 올라간 기억을 반추한다
는 점에서 「달빛」과 유사한데 6·25 전쟁 직후 정신적, 물
질적 폐허 속에 긴 터널과도 같이 이어진 힘겹고 가난하
고 곽곽하던 삶이 이미지즘적인 기억의 편린으로 포착된
시이다. 우리 사회는 그 폐허의 터널을 빠져나온 지 오래
이지만, 시인은 언제 끝날지 모를 듯하던 그 시절 한가운
데에 있던 과거의 한 장면을 생생하게 소환함으로써 우리
사회가 그 시절을 어떻게 거쳐왔었는지, 우리의 현재의 뿌
리에 어떤 인내와 소망이 있었는지를 환기시킨다. "혼곤한
내 시각을 문지르며" "흔들리고 있었던" 먼 기억 속 "분홍
빛깔"이 이 시의 핵심 이미지인데, 그 분홍의 빛깔이 화자
의 시선을 사로잡은 장소는 "전쟁이 끝나고/ 죽음과 유기
를 용케 면한/ 인간들이" "불확실한 내일을 향하[여]/ 어
디론가 실려가는/ 차" 안이었다. 삶의 방향을 잡기 어려운
전후의 "혼곤한" 삶 속에 내릴 수도 없는 생존이라는 차에
실려 어디론가 막막하게 실려가는 듯한 불확실함과 삶에
대한 두려운 전망을 안고 있던 그 시절의 어느 차 안에서
마치 삶의 고달픔을 어르듯이 화자의 시야에서 분홍빛으
로 흔들리는 것이 있었으니 그것은 분홍의 꽃모자를 쓰고
있는 살결 고운 어린 아기의 모습이었고, 특히 화자의 시
선을 사로잡은 것은 그 아기의 맑은 눈망울이었다. 생존
의 힘겨움에 "지친 어른들의/ 황폐한 잿빛 가슴 위에" "소

중히 보듬겨" 있는 아기는 "꿈결인 듯 나를 흔들고 있었다"고 회고된다. 분홍색 "꽃모자"를 쓴 맑은 눈망울의 아기는, 동족상잔의 전쟁으로 상처투성이가 된 채 세계의 최빈국으로 생존해야 했던 1950년대 우리 사회가 "잿빛 가슴" 안에 불확실하나마 소중히 부둥켜안았던 '희망'의 이미지이다. 즉, 그 시대를 살아낸 많은 사람들이 삶을 버티며 희생을 마다하지 않게 한 원동력의 실체는 무구한 어린 세대에 대한 책임과 그 어린 세대의 밝은 미래를 위한 간절한 소망이 뒤섞인, 불확실하나마 "소중히" 품은 분홍빛 위안이자 희망이었을 것이다.

2) 역사적 비극과 애환

「다시 광주에」는 기본적으로 세월의 무상함 및 옛 벗들에서 대한 그리움이 담긴 시이지만, 한국 현대사의 변화와 역사적 사건에 대한 기억이 개인적 기억과 중첩되는 또 한 편의 시라고 할 수 있다. 수십 년 만에 다시 찾아온 광주에서 충장로와 금남로를 걷고 무등산을 바라보는 늙은 화자의 눈앞에는 변화한 도시의 모습 위로 광주 민주화 항쟁의 비극적 이미지와 더불어 세상을 떠났거나 소식을 알 수 없는 여러 친구들에 대한 기억이 겹쳐지고, 화자는 눈시울을 적신다. "서울의 명동, 부산의 광복동 같은/ 화려한" 금남로에 붐비는 젊은이들의 "빛나는 물결" 속에서 화자는 젊음의 아름다움을 보면서도, 우리 현대사의 참혹했던 현장에 있었던 또 다른 젊은이들의 "독재에 항거하던 함성"과 "낭자하던 핏자국"의 모습이 겹쳐지는 것을 어찌할 수 없다. 또한 젊은 시절 다녔던 낯익은 다방도 주점도 책방도 이미 없는 광주에서 화자는 "출렁이[는]" 젊은 인파 속에서 "성성한 백발"의 자신이 "둥둥/ 억새꽃처럼" 세월에 "떠밀려"가는 것을 느끼고, 광주에서 함께 어울렸던 옛 친구들을 하나하나 호명해보지만 그들은 "저승으로 이승으로 민들레 꽃잎처럼 흩어져 찾을 길이 없[음]"을 절감한다. 이와 같이 이 시는 눈앞의 시간과 눈에 보이지 않는 시간이 공존하는 화자의 시선 속에서 중첩되는 개인적, 역사적 기억 및 우리 사회의 변화를 현재와 과거의 대비를 통하여 되짚는다.

「묘비명」은 한국 현대사의 비극인 분단의 애환을 담아낸 시로서, 결코 회복할 수 없는 지난 세월과 끝나지 않는 기다림을 살다간 사람들의 이산의 한을 노래한다. 「묘비명」은 분단으로 혈육과 생이별한 후 반백 년을 혈육과 고향의 모습을 그리워하고 기다리다 결국 늙어 명을 달리한 어떤 사람의 묘비에 쓰인 글귀의 형식을 취하고 있다. "기다리다 지쳐서/ 여기 누웠노라"로 시작하는 이 시는 "차마 눈감을 수 없는 목마른 망막에" "구름도 철새도 훨훨/ 오가는 하늘이 보[이고]" "물빛 옷자락 날리며/ 바람도 홀가분히 넘나드는/ 저 아득히/ 펼쳐진 산하"도 "삼삼히 아른거리[어]" 마치 죽어서도 눈감지 못한 자의 육성과도 같은 형식을 취한다. 시인은 시적인 절제보다 "가시철망 허리 죄어/ 어언 반백 년" 동안 "오매불망/ 보고픈 얼굴들"을 끝내 못 보고 "골수에 사무친 한을 보듬고/ 기다리다 늙어서" 죽은 이의 회환의 목청에 활유법적인 자유를 부여한다. 그러나 죽은 자는 말이 없으니, 이 시는 죽은 자에 감정이입한 화자의 애통함이 흐르는 산 자와 죽은 자의 이중주가 된다. 이 시는 앞서 살펴본 노년의 '미망'의 기억 모티브가 '결코 잊을 수 없는' 사회역사적 통한에 대한 주제로 확장된 시라고 할 수 있다.

「묘비명」과 유사하게 6·25 전쟁으로 인한 이산의 아픔을 다룬 「통한의 만남」은 이른바 이산가족 찾기 캠페인으로 옛 가족을 다시 만난 사람들 중 어느 부부의 상봉 장면을 담아낸다. 신혼 직후 전쟁으로 헤어졌다가 마침내 "사십 년" 만에 서로를 찾은 늙은 부부의 상봉 장면은 "옛날의/ 낯익은 그 집/ 사립문에/ 떨며 선/ 내 장모 닮은/ 이 백발의 여인은/ 누군가/ 누군가……" 하며 기억을 더듬는 늙어버린 신랑의 내면의식으로 시작된다. 그는 눈앞의 "이 백발의 여인"이 "사십 년 전/ 두고 온/ 아리따운 내 어린 신부"임을 알고는 이 늙어버린 신부와 함께 서로 〈뉘기요〉", "〈나요!〉"를 외치며 오열한다. 이 시는 죽었는지 살았는지 모른 채 "기다리다 기다리다" 서로를 알아볼 수 없을 정도로 "속절없이 늙어버린" 사람들이 통곡하며 부둥켜안은 장면을 되새기며 상봉의 희열보다는 여전히 지속되는

"기막히는" 우리 분단 역사의 반백 년 "통한의 세월"에 대한 애통함을 다룬다.

3) 사회적 변화의 풍속도

한 포기 식물에 대한 묘사를 하는 「할미꽃」은 역사적인 특정 장면을 담아내지는 않았지만, 1970년대를 거쳐 1980대 이후 특히 가속화된 도시 개발과 산업화의 바람을 타고 농촌의 청장년층이 도시로 몰려들어 도시와 농촌의 풍경이 급속도로 달라지던 우리 사회의 변화의 한 국면을 그 변화의 갓길로 밀려난 노인 세대의 박탈과 상실과 외로움의 모습으로 그려낸다. 「할미꽃」의 화자는 아내가 고향 산소에서 캐어 온 "할미꽃 한 포기"에서, 강제로 시골에서 도시로 이주당한 채 고향을 그리워하는 노인의 모습을 본다. 바다가 바로 내다뵈는 "남해"의 산에서 자라다가 뿌리째 뽑혀 온 이 할미꽃이 화자에게는 "잔잔한 봄 바다/ 양지바른 언덕과 들을 앗긴 채/ 낯선 도시로/ 피랍 신세가 된" 존재로 보인다. 화자는 할미꽃을 작은 화분에 심기 위해 "마음대로 뻗은 뿌리 잘라"놓고 "잘 살까" 노심초사한다. 고향으로부터 강제 이주당한 "그 신세가 어찌 너뿐이겠는가"라고 말하는 화자에게 이 할미꽃은 이농 현상과 도시로의 인구 집중의 물결 속에 "정든 시골집 비우고/ 자식 따라 나온 도시"에서 "아파트 창가에 기대 앉아/ 빈집을 지키는" 고향 잃은 노년의 도시 이주민의 모습으로 보인다. "백발 같[은]" 수술을 달고 "구부정하게 고개 숙인" "한철 잠깐 피었다 지는/ 가냘픈 이 풀꽃"의 모습이 영락없이 빈집을 지키며 "꾸벅꾸벅 졸고 있는" "두고 온 고향 꿈꾸는" "늙은이"를 연상시키는 것이다. 두고 온 고향은 이미 옛날의 모습과 확연히 달라져 있을 터이며 떠나온 집은 「부재」와 「민들레」에 등장하는 폐가의 모습이 되었을지 모른다. 그런 의미에서 돌아갈 고향조차 사실상 없는 이러한 도시 이주 노인들은 실향민이나 다름없다. 이와 같이 「할미꽃」은 한 포기 식물의 이미지를 통하여 산업화 도시화로 인한 변화와 상실의 풍속도를 그려낸다. 물론 그와 동시에 이 시는 노년의 자의식을 가진 『길손』의 시적 자아가 절감하는 "한철 잠깐 피었다 지는" 인생의 궁극적인 실향민성을 떠오르게 하기도 한다.

이와 같이 『길손』의 시 세계는 개인적, 시대적 기억을 동반하는 노년의 시적 자아의 시선을 보여주고, 그 시선에 비친 현실은 과거와 현재, 보이는 것과 보이지 않는 것, 있음과 없음이 공존하면서 세월과 사회적 변화 속에 사라지고 버려지고 잊혀진 것들이 새롭게 소환되고 주목을 받는 모습으로 제시된다. 손경하 시인이 살아온 격변의 20세기는 그 변화가 더욱 가속화된 21세기에 자리를 내준 지 오래이지만, 그가 목도한 해방 이후 우리 현대사의 사회적, 문화적, 정치적 질곡과 변화에 대한 기억은 쉬 애증을 분별하기 어려운 형태로 그의 여러 시들에서 숨 쉬고 있는 듯이 보인다.

5. 우리 사회와 현대 문명에 대한 비판

『길손』에서 망각과 미망을 오가는 노년의 기억 여행은
사라진 사물, 사람, 시간들에 대한 기억, 혹은 잊혀지고 버
려진 것들에 서려 있는 개인적, 사회적 과거의 이미지들이
현재에 개입하는 의식 경험을 제시하는데, 이는 한편으로
는 기억 본연의 속성과 인생의 한계에 대한 사유를 보여
주지만, 궁극적으로는 우리 사회가 해방 이후 반세기 너머
급격하게 확장시켜온 상업자본주의 물질문명에 대한 비
판적 성찰에 기여한다. 경제 성장이 가져다주는 극빈으로
부터의 해방과 물질적 행복을 자축하고 끊임없이 더 발달
된 기술과 더 많은 물질에 대한 욕망을 추구하면서 서구
자본주의 물질문명의 역동성을 맹렬히 좇아온 우리 사회
안에서 시인은 이른바 '발전'의 과정에서 우리가 잃어버
린 것들에 주목한 것이기 때문이다. 즉, 옛 전통 공동체들
이 보유했던 자연과의 조화와 인간적인 삶의 면모들은 이
윤과 효용 및 효율이라고 하는 기준에 밀려 훼손 혹은 희
생되었고, 이러한 현실 속에서 반딧불같이 점점이 떠다니
는 시적 자아의 기억들은 단지 노년의 향수에 머물지 않
고 사회비판적 혹은 문명비판인 시선으로 기능하기 때문
이다. 이러한 비판적 시선은 잃어버린 것들과 사라져가는

것들을 묘사하는 섬세하고 간접적인 방식으로 이루어지기도 하지만, 「다시 사월에」, 「낙동강」, 「민들레 꽃씨」, 「간힌 바다」, 「생전에」, 「고발」, 「곤돌라」, 「아파트」, 「캐나다 이민」, 「경고」, 「보복」, 「거미」 등의 시에서는 현실비판적 시선과 어조가 보다 직접적으로 드러나 『길손』의 기억 여행 이면에 있는 문명비판적 의식을 이해하는 데에 도움을 준다.

1) 추락한 문명의 이상과 '인간'이 증발한 사회

『길손』의 여러 시들에서 시인이 보는 작금의 세상은 물리적으로나 정신적으로 황폐하여 자연은 불구화되거나 죽어가고, 인간성 역시 발달된 문명 속에서 도리어 야만화되어 간다. 현대 문명과 우리 사회는 "인간의 추악한 욕망의 손이/ 닿는 곳마다" "산도 죽고 물도 죽고/ 새도 물고기도 죽어가는" 병들고 불길한 세상이다(「다시 사월에」). 그래서 "이제 강물은/ 눈이 보이질 않[고]" "귀가 들리질 않[고]" "목소리가 나오질 않[는]" 불구의 몸이고, 더 이상 맑게 "하늘이 비치질 않[아]" "순백의 구름[이]/ 누더기로 썩어 갈앉아 가고" "아름답던 노을도/ 농익은 피고름처럼/ 번지고" 있다(「낙동강」). 또한, "기름도 물도 아닌 점액질의/ 질펀한 강하江河가/ 백치 같은 입을 벌리고 있[고]" "지상에는/ 썩질 않는 쓰레기/ 그 비정한 화학물질의 폐허"가 그득하며, "허공에는 숨 막히는 스모그"가 가득하여 매운 눈에 비치는 "별들은 눈물처럼 녹아내리고" 있는 세상이다(「민들레 꽃씨」). 즉 물도 뭍도 공기도 그 어느 것 하나 병들지 않은 것이 없으니, "견고한 도시"로 상징되는 우리가 살고 있는 현대 문명은 "미진微塵의" "민들레 꽃씨" 하나 내려앉아 뿌리내릴 "한 뼘 땅"이나 "가슴이 없[는]" 물리적으로나 정신적으로 삭막한 공간, "살아 눈뜬 흙 한 줌" 찾기 점점 더 어려워지는 "넓은 불모의 천지"로 정의된다(「민들레 꽃씨」). 이들 시에서 "민들레 꽃씨"나 "별"이 자연과 함께 조화롭게 숨 쉬는 인간적인 삶의 영역들을 상징한다면, 세상은 점점 그러한 영역이 발 디딜 틈 없어져 가는 곳인 셈이다. 그래서 그 상실된 영역을 회복하고 싶은 화자의 마음은 어디에도 안착하지 못하는 "민들레 꽃씨"와 같은 신세가 되어 "잘못 날아온 세상"에서 "신이 잊어버린/ 눈 먼 미아"처럼 갈 곳을 모른 채 "사랑도 없고/ 고향도 없는/ 묘막渺漠한 공간을 부유[한다]". 현대인들은 문명의 혜택으로 지극히 세련된 삶을 사는 것처럼 보이지만 문명의 자기파괴적인 치명적인 결과들을 제대로 보지 못하는 눈 뜬 봉사와 같아 "청맹과니"로 정의되고(「낙동강」), "어디로 가랴"라고 묻는 "민들레 꽃씨"의 목소리(「민들레 꽃씨」)는 "모든 강의 목구멍에 걸터앉은/ 청맹과니 인간들이/ 연일 진한 독을 타고 있[는]"(「낙동강」) 문명의 앞날에 대한 시인의 암울한 탄식이라고 할 수 있다.

인류는 일찍이 자연에 순응하기보다 자연을 이용함으

로써 인류의 물질적·정신적 자유를 확대하려는 문명 발달의 이상을 품었으나 이제 "신도 못 말리는" 기술물질문명의 "끝장의 낭떠러지"로만 달려가다 추락하여 "기진한 지구"에 살고 있고(「다시 사월에」) 먼 옛날 생명을 잉태한 근원인 풍요로운 어머니 바다는 이제 이 추락한 문명 안에 '갇혀'버렸다. 이렇게 그 본래의 풍요로움과 숭엄함을 상실한 자연의 모습은 「갇힌 바다」에서 우리 속 야수처럼 분노하고 절망하는 바다의 모습으로 그려진다. 이 시에서 "상처뿐인/ 바다"는 "전율하는/ 질린 입술/ 절치의/ 흰 분노"로 속절없이 날뛰며, "별빛 징을 박는/ 배반의 하늘로/ 몇 번이고/ 뛰어오르다 추락하[며]" "꿈의 갈기/ 무산하는 절규!"를 내지르고 "눈물 질펀히/ 찢어진/ 가슴"으로 "그 불치의 아픔을/ 핥[으며]" "감내할 수 없는/ 허무에 저린 세계"를 "온몸으로 울고 있[는]" "한 마리/ 거대한/ 슬픈 짐승"이다. 문명의 효용을 위하여 그 숭엄함을 저당 잡힌 채 슬픔과 분노와 허무에 울 수밖에 없는 "갇힌" 바다의 모습은 본래의 장엄한 풍요로움을 상실한 자연의 이미지일 뿐 아니라 문명의 이상의 실패와 모순에 대한 좌절을 담아내는 이미지이기도 하다. 길을 인도하는 아름다운 "별빛"인 줄 알았던 문명의 이상들, 즉 인간의 이성적·합리적 능력을 활용하여 자연을 정복하고 과학과 산업을 발달시킴으로써 인류의 자유와 삶의 역동성을 확장시킬 수 있다고 믿었던 서구 르네상스 이래의 인본주의적 이상을 상징하는 "별빛"은, 실은 문명의 감옥 안에 인간 영혼의 존엄과 자연의 숭엄함을 못 박아 가두는 "징"에 불과한, 유혹적인 가짜 별빛이었는지 모른다. 「낙동강」에서 "만신창이의 패잔병처럼/ 절뚝거리며 가고 있[는]" "남루한 강물"의 모습 역시, 단지 훼손된 자연의 모습에 그치지 않고, 과학기술과 산업의 발달이 가공할 파괴력을 지닌 무기들을 생산하고 전대미문의 대량 살상에 복무하는 결과를 낳은, 실패한 현대 문명의 불구화된 이상을 환기하는 이미지이기도 하다.

이와 같이 자연을 문명의 감옥에 가두어 고문하고 파괴하는 현대문명은 패륜의 문명인 셈이다. 「갇힌 바다」에서 문명에 정복당하고 갇혀, 상처 입은 짐승처럼 흰 분노의 파도로 포효하며 온몸으로 울고 있는 바다는 본디 지구에 생명을 태동시킨 만물의 어머니이다. 한때 앎과 새로움을 추구하며 문명의 건설을 추동한 인간의 위대한 정신은 이제 더 많은 효용과 이윤을 위한 인위적 욕망의 노예가 되어 거대한 어머니인 자연을 죽이고 그 스스로도 자신이 건설한 문명의 우리에 갇혀 수성으로 전락한 것이다. 그런 의미에서 시인의 문명 비판은 한편으로 인간 외적 자연의 파괴를 직시하는 생태주의적인 것이면서 동시에 인간 내부의 자연인 인간성의 변질을 주제화하는 것이기도 하다. 즉 "갇힌 바다"의 모습처럼 오늘날 인간의 정신은 상업자본주의의 물질문명/기술문명 안에서

도구화되어 그 존엄과 위대함과 아름다움을 잃고 장엄한 자연 및 우주와 교감하기보다 무한 경쟁의 세계 속에 하루하루 눈앞의 이익밖에 보지 못하는 좀스러운 정신으로 전락하였기 때문이다. 이와 같이 『길손』에서 의인화된 자연 묘사들은 자연의 훼손이 곧 인간 영혼의 훼손과 궤를 같이함을 드러내어 자연의 장엄함과 인간 정신의 고귀함의 연속성을 암시하고, 이는 역으로 인간 외부의 자연의 회복이 인간 영혼 내부의 고귀한 본성의 회복과 불가분의 관계에 있음을 말하는 듯하다. 즉 「민들레 꽃씨」와 「쓰레기 묘지」에서 등장하는 불모의 대지, 「갇힌 바다」에서 수성의 절규로 재현되는 바다, 「낙동강」에서 불구화된 패잔병의 모습을 한 강물 등 훼손된 자연의 이미지들은 그 자체로 불모화된 자연이면서 동시에 황폐한 낭떠러지로 추락한 현대문명 속 인간성에 대한 은유로서 문명 발달의 자가당착에 대한 이해의 연장선상에서 다른 현실비판적인 시들을 읽는 토대가 된다.

이성적으로 탐구하고 사유하는 인간정신과 인간 개인의 존엄함에 대한 믿음은 애초에 과학과 기술과 산업을 발달시키고 물질적 향유와 민주주의를 확대하며 문명의 건설을 추동해온 힘이었으나, 『길손』의 여러 시들에서 그려지는 오늘날 문명의 모습, 특히 우리 사회의 모습은 이러한 고결한 이상과 가치가 왜곡되고 증발해버린 황폐한 모습이다. 현대 문명 속에서 모든 전통적인 가치들이 이윤과 효용에 종속되어, 현대인들은 "무량 깊이"(「한의 바다」)
의 인간 영혼의 아름다움을 상실한 "치부에 허기진 졸부
들"이 되어 "저승에선 아무 쓸모없는/ 이승살이에도 과분
한/ 산과 들과 섬을 마구 사들[이고]" "유산을 지레 뺏으
려/ 어버이를 죽이는 패륜 세상"을 만들고 있다(「생전에」).
또한 작금의 우리 사회는 "지하 빈 도관"과 같은 위험한
노동 현장에서 일하다 "질식한 젊은이"들이 "몇 날 며칠
을" "까마득히 잊혀진 채" "무참히 썩어가[는]" 일이 발생
하는 비인간적인 세상이고, "그 주검의 혼신의 고발이/ 가
까스로 무딘 인간의 코끝을/ 찌를 때까지"는 노동 현장의
책임자들은 그 젊은이들의 실종조차 알리지 않는 사회이
며, 주검들이 발견되어도 "〈일이 싫어 모두 달아난 줄/ 알
았다〉고" 발뺌하는 사람이 있을 뿐 "현장에는 사람 같은
사람은/ 어디론가 증발하고 없[는]" 곳이다(「고발」). 이윤
앞에 사람은 그저 도구일 뿐이고 '사람'으로 보이지 않는
세상에서 "얼굴을 가린 하수인은/ 언제나 안개 속으로 사
라[지고]" "이 가공할 무관심과 무책임한/ 인간들이 뚫은
죽음의 허방이/ 도처에 입을 벌리고 있[으니]" 「고발」의
화자는 인간의 존엄도 고귀한 정신도 증발한 현실에서는
"아무도 믿지 마라"고 냉소적으로 선언한다.

　　『길손』에서 그려지는 우리 사회는 또한, "불가침의 저
마다의 공간을 구획한/ 꿈의 궁전/ ─고층 아파트단지"
와 "곤돌라에 실려/ 새살림의 눈부신 가재도구들이/ 구름

처럼 떠오르[는]" 이른바 "신개발지구"로서, 여전히 화려한 물질문명/도시문명의 꿈에 취해 있을지 모르지만 인간적인 교류와 유대가 "불가침"의 구획으로 단절되고 메마른 곳이며, 아파트 고층에서 곤돌라에 관이 실려 내려오는 할머니의 죽음조차 그저 "쓸모없어져" "손자 공부방을 비워 준" 효용으로 먼저 인지되는 "묘비 같이 삭막한" 곳이다(「곤돌라」). 기술개발과 경제성장이라는 "황홀한 꿈에 취[해]" 지난 반세기 동안의 우리 사회가 걸어온 "신개발지구"의 여정과 도시문명, 물질문명의 현주소 안에서 사람들은 무엇보다도, 행복하지 않다. 특히 획일화된 무한 경쟁 가도로 치닫는 우리 사회에서 자라나는 어린 세대, 젊은 세대의 모습은 더욱 그러하다. "좁은 논두렁 길섶을 비집고" "모질고 애처롭게 피고 지는" 식물들 같은 "우리 새끼들"에게 오늘날 우리 사회는 "발붙일 곳 쉽질 않은" 사회이며(「캐나다 이민」), 아파트 고층에서 뛰어내려 "몸을 던진 소녀의 절망"이 있는 곳이고(「아파트」), 옛날에 "사람이 그립게/ 띄엄띄엄 흩어져" "사람답게 사는 마을들" 사라지고, "같잖은 인간들 날로 우글대는/ 척박한 이 나라"에서 "죄짓[는]" 인간성으로 변모되기 전에 이 땅을 떠나야 한다고 젊은 세대들이 캐나다와 같은 다른 나라로 "모두 버리고 떠나[가는]" 현실이 있는 곳이다(「캐나다 이민」). 우리 사회가 "침략과 전쟁과 굶주림으로/ 삶의 밑바닥을 핥으며 살아온/ 어렵고 긴 시절"에 품었던 인간다운 행복한 삶을 향한 꿈과 희생은 쉬 망각되고(「목마른 사막」) "사람 답게 사는"(「캐나다 이민」) 모습보다는 더 많은 물질에 대한 욕망에 휘둘리며 하루하루 한낱 좀스러운 인간성으로만 생존하는 것이 오늘날 자본주의 물질문명을 살아가는 우리들의 모습으로 그려지는 것이다. 또한, "아파트"로 상징되는 자기만의 공간에 유폐된 사람들은 인간 정신의 고귀함도 인간다운 삶이 주는 행복도 사라져가는 '신개발지구'의 현실을 "눈먼 석상"처럼 속수무책 바라만 보고 있는 것이 『길손』이 드러내는 우리 사회의 무력한 초상이기도 하다(「아파트」).

2) 현대 문명의 디스토피아

자본주의 체제 속에 살아남기 위한 무한 경쟁의 톱니바퀴 속으로 들어가 자연과 인간 영혼의 "무량 깊이"(「한의 바다」)의 풍요로움과 아름다움이 효율과 이윤의 세계 속에 갇혀 있음을 그려내는 여러 시들 중, 우리 사회와 현대 문명의 현주소를 일종의 자기억압적 혹은 자기파괴적 힘이 도사리는 디스토피아로 그려내는 시들이 있다. 이들 시에서 자연과 인간은 한낱 이용과 정복과 착취의 대상 혹은 한낱 "나사"와 같은 부품이나 도구로 전락한 모습을 하고 있다.

「갇힌 바다」에서 한때 생명과 문명의 고귀한 어머니였던 자연이 이제 수성의 분노와 좌절만 남은 모습으로 그려진 것과 마찬가지로, 「경고」, 「보복」에서는 인간 영혼과 자연이 문명의 오랜 감금과 억압에 "짓눌려 길들여진" 후 "한계점에 달[하여]" 이제 복수와 광기의 불온한 힘으로 변질되어 "숨죽인" 은밀한 보복을 준비하고 있음을 알리는 불길한 목소리들이 등장한다. 이들 시에서 "나사"와 "슈퍼박테리아"로 의인화된 문명의 자기파괴적인 목소리는 문명의 "육중하고 오만한 거구가/ 굉음 속에 또는 적막하게 붕괴하는/ 통쾌한 장관"과 "은밀한 반란"을 "악마"적으로 꿈꾼다(「경고」). 과학/기술 문명의 "정복의 축배"를 비웃으며 문명과의 전쟁에서 끝내 살아남아 변질된 모종의 생명의 입자들은 "슈퍼박테리아"로 "소생[하여]" "신들린 하이얀 냉소"의 어조로 끝내 "죽지 않는" 치명적인 "내성의 승리"를 선언한다(「보복」). 현대 문명의 이면에 도사리는 이러한 치명적인 자기파괴성은 "지금 지구 도처에/ 마약처럼 번져가[고]"(「보복」), 마치 거대한 기계의 "도처에서/ 보이지 않게" 나사와 같은 부품들이 "조금씩 헐거워지고 있[는]" 것과 같은 은밀한 방식으로 문명 전체의 갑작스런 "원인불명의 대참사"를 예고한다(「경고」). 즉, 현대 문명의 '발달'이 결코 지속 가능한 "영원한 것"이 아니라 오히려 소설 『프랑켄슈타인(Frankenstein)』에서처럼 스스로 괴물을 만들어내는 자기파괴적인 것이며, 인류의 발전과 자유의 확대라고 하는 "문명의 허구"는 결국 "풍비박산"할 것임을 이들 시의 목소리는 "경고"한다(「경고」). 이러한 시들은 한편으로는 그러한 문명의 자기파괴적인 "역습의 비수"(「보복」)가 실은 문명을 지탱하는 "부품의 일탈"(「경고」)에서 혹은 문명의 "옆구리에서 자란다"(「보복」)는 역설에 주목한다는 점에서, 서구 르네상스 이래 문명 발달에 활력을 주었던 인본주의적인 합리성의 정신이 인간 스스로의 안전과 자유를 헌납하는 기계적인 질서들을 낳아왔음을 근본적으로 성찰하는 관점과 일맥을 이룬다. 그리고 다른 한편으로는 해방 후 "반세기"(「보복」) 동안 빈곤으로부터 자유로운 인간다운 삶을 좇아 자본주의의 초단기 속성과정을 거쳐온 우리 사회가 그러한 '성장'과 '발전'의 이상을 추구하며 오히려 인간다운 삶을 위한 가치들을 억압하고 내다 버리고 변질시켜온 과정들에 대한 총체적인 회의를 보여주는 관점이기도 하다. 「경고」의 "나사"는 "아무도 **나**를 믿지 마라"(필자 굵은체 강조)고 말한다. 문장의 일인칭 주어 "나"는 곧 인간 사유의 주체로서 한때 현대문명 건설의 주체였던 이성적 정신을 상징하지만 그 정신은 이제 자신이 건설한 체제의 한낱 노예와도 같은 부품으로 전락하여 자기파괴적인 광기로 날뛰고 있는 결코 신뢰할 수 없는 무엇이 되어버렸음을 단적으로 암시하는 선언이다.

겉으로는 잘 발달된 화려한 현대문명이 실은 디스토피아일 수 있음을 문명 발달의 아이러니를 통해 보여주는 또 다른 시 「거미」는 과학기술 특히 정보통신기술의 발달로 전대 미문의 조밀하고 빠른 네트워크의 그물망을 갖고 전혀 새로운 방식의 의사소통을 하는 "신인간"들의 불길한 초상을 제시한다. 「거미」에서 "거미줄" 같은 네트워크의 한가운데에 있는 "신인간"들은 "끝없는 정보의 바다/ 한가운데/ 저마다 홀로 뜬/ 한 마리 거미" 같은 존재들로서 보이지 않는 가상의 거미줄 같은 "예민한 인터넷을 거머 쥔 [채]", "마우스와 키보드 위에서" "튀는 손가락"과 "날렵한 더듬이"를 놀리는 모습을 하고 있다. 그들은 "사이버 공간/ 깊숙이/ 머리를 처박은 채/ 말을 잃어[버려]" 전통적인 의사소통의 인간관계들로부터 고립된 존재이며, 사이버 공간의 "무산해 버린 시공/ 저편"에 있는 "새 세계의/ 싱싱한 먹잇감을 노[리면서]" "욕망에 들뜬 손아귀"로 "이슬처럼 경련하고 있[는]" 모습으로 그려진다. 지식과 배움이라는 것이 편리함을 위한 기술 발달 및 이윤 창출의 도구 정도로 전락한 세상에서 이 "신인간"들은 인터넷이 발달한 "새 세계"에서 분초의 속도로 전달되는 엄청난 정보와 지식이 만들어내는 인위적이고 획일화된 욕망과 인식의 노예가 되어가고, 인간적 접촉이 부재한 사이버 네트워크 안의 고립체계를 구축한 채, 길들여진 욕망을 충족시키기 위해 가상공간의 관계들을 이용한다. 이들은 첨단 기술을 능숙하게 이용하지만 고급한 문명으로 진화된 인류라기보다 마치 프란츠 카프카(Franz Kafka)의 『변신(Die Verwandlung)』에 나오는 그레고르처럼, 한낱 먹잇감이 그물에 걸려들기를 노리는 욕망의 더듬이만이 발달한 곤충과 같은 모습으로 퇴행한 존재들인 것이다. 즉, 인터넷과 컴퓨터를 활용한 통신네트워크의 발달은 사람들에게 인식과 경험의 비약적인 확대를 가져다주었지만 그러한 '발달'은 전통적인 시공과는 전혀 다른 온라인의 가상공간에 개인을 유폐시키는 창살로 기능하여 오늘날 인간관계의 고립과 추상화를 낳는다는 경고를 이 시에서 읽을 수 있다. 특히, 고도의 기술적 능숙함이 인간으로서의 성숙함과 결합하지 못할 때 눈앞의 이익과 생존 전략 안에 갇힌 무수한 "신인간"들은 정보와 신기술로 타자를 통제하고 이용하고 착취하는 디스토피아를 건설할 뿐이라는 것이, 오늘날 역동적인 정보통신시대의 흥분과 편리함의 향연 이면에서 시인이 보는 현대 기술문명의 어두운 그림자이다.

이와 같이 삶의 많은 인간다운 영역이 효용의 잣대로 폐기되고 밀려나고 잊혀지는 상업자본주의 물질문명의 디스토피아적 단면에 주목하는 것은, 시인이 이러한 현대 문명 속에 잊혀지고 버려진 것들, 사라진 것들을 반추하고 과거의 시간 속 사물과 존재들을 현재와의 대비 속에서 애써 기억하려 하는 작업과 연속선상에 있다. 「경고」에서 "나사"의 풀림은 문명이 건설해온 거구의 체제를 파괴할 수도 있는 불길한 것일지 모르지만, 나사가 역으로 풀리듯 시간과 기억이 역으로 풀리어 그 속에서 효용성의 잣대

로 버려진 가치들과 아름다움을 되짚는 과정은 비록 가냘
플지 모르지만 궁극적으로 "나사"의 반란에 못지않게 물
신숭배의 기계문명에 대한 근본적인 저항이자 나아가 창
조적인 저항이 될 수 있기 때문이다.

6. 오이디푸스적 자기 검열

이러한 사회비판적이고 문명비판적인 시들에서 문명은
자신의 "옆구리에서" "역습의 비수"를 배태하는 아이러니
를 보여주므로(「보복」), 일인칭 주체이자 사유의 주체, 나
아가 문명의 인본주의적 주체인 "나"는 초연한 비판의 주
체가 아니라 신뢰할 수 없는 매우 의심스러운 것이 된다.
그래서 「공범자」, 「거울 앞에서」와 같은 시들에서는 정신
적·물리적으로 황폐해진 현대문명에 대한 비판을 넘어,
문명과 사회를 일구어온 주체, 수혜자, 방관자, 공모자로
서의 "나"의 책임을 검열하는 오이디푸스적인 자성의 어조
가 강하게 두드러진다. 역병에 휩쓸린 왕국 테베를 구하고
자 나라에 내린 저주의 근원을 찾다가, 자기 자신이 바로
그 저주를 초래한 원인이었다는 비통한 현실에 직면하는
그리스 비극 『오이디푸스 왕(Oedipus)』의 주인공 오이디
푸스의 탐구처럼, 이들 시의 화자들은 혹독한 진실을 직면
할지도 모르는 불안을 무릅쓰고 자신이 알게 모르게 저지
른 잘못을 추적하는 자아의 내면 여행을 수행한다. 이러한

시들은 살아온 생을 홀가분히 회한 없이 돌아보며 떠나고
자 하는 「그대 홀가분한 길손으로」의 초연한 희구와는 대
극점에서 긴장을 이루는 시들이라고 할 수 있다.

낚시터에서의 독백인 「공범자」에서는 낚시와 회 치기
의 이미지를 매개로 현대 문명의 자연 정복과 착취의 역사
에 자신도 알게 모르게 일조한 부분을 되짚는 불편한 의
식이 전개된다. 시가 진행될수록 이 시의 화자의 불안은
증폭되어 표면적인 부정의 언술 이면에 지울 수 없는 공범
의식을 여실히 드러내는 방식으로 결코 '홀가분할 수 없
는' 자기비판적 자의식을 보여준다. 「공범자」의 화자는 낚
시한 물고기를 산 채로 회를 쳐 먹는 "살육"에 대한 자신
의 공범성을 불안하게 부정하지만, 시인은 회를 직접 치는
"당신"과 이 화자와의 공범의 관계를 교묘하게 폭로한다.
화자의 오랜 낚시 친구 "당신"은 성품이 "벌레 한 마리 못
죽이는 위인"이었지만 이제는 갓 잡아 올린 살아 있는 물
고기를 능숙하게 회 칠 줄 안다. 화자는 그가 한때 "지렁
이 한 마리 낚시에/ 끼우지 못하고 절절 매던" 것을 기억
하지만 지금 그는 화자의 바로 옆에서 "퍼덕이는 생선/ 그
목숨의 핵을 칼로 찌르며/ 피를 흘려야 살이 굳어 맛이 있
다고/ 익숙한 솜씨로 회를 치고 있다". 그 "살육의 현장"에
서 "돌아앉아" 화자는 한편으로 "군침이 도는 입맛을 다시
[고]" "잔인한 쾌감을 등 뒤로 음미"한다. 그러나 다른 한
편으로는 "살육"의 방관자이자 곧 수혜자가 될 자신에 대

해 "속이 편치 않다." "나는 죽이지 않았어"라고 하는 화자의 내면 독백은 이내 '내가 죽이지는 않았어'(필자 굵은체 강조)로 수세적인 정당화의 어조로 바뀌고, 반복되는 "나는" 조차 "나의 손은"으로 바뀌면서 책임의 주체를 자신에서 자신의 몸의 일부로 축소시켜 공모감과 죄의식을 애써 완화하려는 듯한 문장 구조로 바뀐다. "나의 손"이 들어가는 문장조차도 "나의 손은 깨끗해"라는 선언으로부터 "나의 손에는 피가 묻질 않았어"(필자 굵은체 강조)라는 피동적인 표현으로 바뀌어, 그 "손"조차도 행위의 적극적인 가담자 혹은 주체라기보다 사건을 '피동적으로 겪은' 존재일 뿐임을 강조하는 방식으로, 이 화자는 자신의 결백을 거듭 정당화하고, 시인은 그가 방조와 공범의 전체적 진실을 호도하는 수사를 궁색하게 지속하고 있음을 독자에게 환기시킨다. 화자는 나아가 "나는 다만 회가 먹고 싶을/ 뿐이야"라는 식으로 행위와 그 행위의 수혜를 구분하는 논법으로 자신의 결백을 외치지만, 시인은 이 외침에서 보다 결정적으로 이 화자가 이 살육의 결정적인 방조자이자 수혜자임을 분명하게 한다. 결국 시인은 이 화자가 무수히 부정하는 "공범의 묵계"가 실은 엄연히 존재함을 이러한 문장구조의 교묘한 변화와 "나는"의 반복을 통하여 역설적으로 드러내고, 이 화자의 부정이 양심의 검열을 받는 자기분열적인 매우 불편한 것임을 드러낸다. 현대 사회의 비극과 타인의 고통을 가슴 아파하지만 그저 "눈먼 석상"처럼 바라보기만 하는 「아파트」에서의 자조적 무력감을 넘어, 이 시는 문명이 저지른 수많은 정복과 착취 행위들의 방조자이자 수혜자로서 스스로 의식하거나 의식하지 못하는 공범의 연루성을 자성하는, "나"에 대한 자기 검열을 주제화한 시이다.

「거울 앞에서」는 거울 안에 또 다른 거울이 끝없이 연이어 비치는 이미지를 통하여 겹겹의 오이디푸스적인 자기검열의 불안을 보여주는 또 다른 시다. 이 시의 화자는 자신의 잘못을 명확하게 분별해내지도, 정의하지도, 심지어 기억해내지도 못하면서 불완전한 단서만으로도 자신이 저질렀을지 모르는 일에 대하여 괴로워한다. 화자는 거울 속 문에 비친 "나의 피 묻은 이빨과 손톱"으로 보아 분명 "나"는 무슨 짓을 저질렀음에 틀림없다고 의심한다. 그는 "거울 안에" "첩첩 문이 닫혀 있[는]" 것을 보고 그 문들을 열면 기다리고 있을지 모르는 어떤 혹독한 진실에 대한 위험을 무릅쓰고 "내가 열기 전에는 열리질 않고/ 열어버리면 다시는 담을 수는 없[는]" 문들을 열어젖힌다. 거울 속 문의 "마지막 하나는 기어코 열리[지] 않[지만]" 화자를 "노려보는" 거울 속 마지막 문의 시선은 자신이 저질렀을지 모르는 그 끔찍한 일에 대한 화자의 강한 자기의심을 암시한다. 그러나 결국 거울에 비친 화자 자신은 이인칭 "너"로 바뀌고, 그 "너"의 모습은 "너의 이마 위에 다만/ 핏방울마다 고운 무늬로 어룽이 질 뿐"인 아름다운 모습으로 바뀐다. 결국 자신의 마지막 진실에 이르지 못하는 화자는 자신이 무슨 짓을 저질렀건 간에 이제는 그 피 묻은 이마조차도 "고운 무늬"로 보이고 마는 너그러운 관조와 미화의 시선이 생겨나는 것을 자각한다. 이것은 앞서 「원경」의 화자가 생애의 온갖 "갈등과 애증도 사그라져/ 이제사 아름다운 꽃밭으로/ 아물아물 저무는 저 원경"을 노래했던 것과 유사한 시선이다. 그러나 이 시에서 주목할 것은 이렇게 "핏방울"조차 "고운 무늬"로 미화되는 것이 자기 자신에 대하여 일인칭이 아닌 이인칭 "너"로서의 관조의 거리를 둘 때에만 가능해진다는 점이며, 결국 이 시의 일인칭 "나"는 여전히 의심스럽고 혼란스러운 주체로 남는다는 사실이다. 즉 「원경」의 화자와는 달리 「거울 속에서」의 화자 "나"는 자아의 구석구석을 샅샅이 비추는 거울들을 스스로 들이대는 자학적 "나"로서 "[거울 속] 뭇 문이 날 비치우며 돌아가면" "투명한 알몸이 되어 버[리는]" 수치심의 명확한 근원이 되는 잘못을 기억하지 못하면서도 자책의 두려움에서 '홀가분히' 벗어나지 못한다. 그는 "이 부끄러움 또 무서움은/ 어디서 오는 것입니까/ 어머니, 나는 무슨 잘못을 저질렀습니까"라고 부르짖으며 자기 의심과 자성의 거울로부터 좀처럼 자유로울 수 없는, 「그대 홀가분한 길손으로」나 「원경」에서 볼 수 없었던 혹독한 자기검열을 수행하는 자아이다. 그래서 거울 속 "너"와 화자 "나" 사이의 간극은 곧 이 시집 전체에서 흐르

215

는 관조와 회한의 간극과 닮은 꼴을 이룬다. 즉 삶의 아름다운 "원경"(「원경」)을 바라보며 "홀가분한"(「그대 홀가분한 길손으로」) 마음으로 떠나고자 하는 노년의 시선과 "비틀거리며 달려 온/ 내 미로의 생애/ 그 혼미한 길"(「원경」)에 대한 지울 수 없는 회한 사이의 간극은 「거울 앞에서」에서 뿐만 아니라 시집 전체에서 망각과 미망의 기억 회로를 오가는 노년의 의식의 긴장을 만들어낸다고 할 수 있다. 이와 같이 『길손』은 우리 사회와 현대문명 속 자연과 인간의 황폐하고 자기파괴적인 현실을 다루는가 하면 현대 문명의 발달의 근원에 있는 합리적 인간주체인 "나"의 자기 확신의 과잉과 자기 인식의 결핍을 자성하는 방식의 일환으로 「공범자」, 「거울 앞에서」 같은 시에서 문명의 주체이자 수혜자이자 공범자로서의 "나"에 대한 오이디푸스적인 검열과 성찰을 주제화하였다고 할 수 있다.

7. 전망과 희구

이와 같이 『길손』은 노년의 자의식과 기억의 모티브를 토대로 하여 세월의 변화가 초래하는 상실과 실존적 허무, 신의 정의와 인간의 정의 사이의 해소할 수 없는 간극, 그리고 현대 문명과 인간성에 대한 암울한 비전들 및 자기성찰적인 연루 의식을 보여준다. 그런데 시인이 보는 우리 사회와 문명의 미래는 그저 암울하기만 한 것일까.

1) 종말론적 상상

　화려한 현대 도시문명, 기술문명 이면의 디스토피아와 문명의 자기파괴적인 행보에 대한 비판적 인식을 지난 세월과 현재를 돌아보는 노년의 시선으로 직간접적으로 담아내는 『길손』에서 미래를 향한 전망은 물론 전반적으로 밝지 않은 것이 사실이다. 그래서 「농무濃霧」처럼 지구와 인류의 종말에 대한 암울한 이미지가 등장하는 시가 있는 것도 『길손』의 문맥에서 자연스럽다. 「농무」에서 석굴암으로 향하는 길을 가득 채운 짙은 안개는 지척을 분간하기 어려운, 현대 문명이 나아가는 "막막한" 방향을 암시할 뿐 아니라 "어느 날 느닷없이/ 세계를 덮어 올/ 죽음의 잿가루 자욱한/ 지상의 종말의 정경"에 대한 이미지를 보여준다. 지상의 모든 것이 마치 안갯속에서처럼 지워지고 사라지는 인류의 종말에 대한 상상을 하는 이 시의 화자는 젖어오는 "암울한 동공"으로 석굴암 불상의 "볼에 흐르는" 인류에 대한 "연민의 미소"를 가냘픈 소망처럼 읽으려 할 따름이다. 20세기에 문명국들 간의 전대미문의 대규모 전쟁을 겪고 핵폭탄의 인류멸절의 위력을 목도하고서도 여전히 무기산업의 경쟁과 대량 인명 살상의 폭력과 전쟁이 세계 도처에서 끊이지 않는 21세기에, 인류의 운명에 대한 희망과 비전을 역설하기보다 그저 망망한 "안개바다"의 "심연"을 허우적거리며 가고 있는 문명의 현주소를 직시하는 것이 어쩌면 더 정직한 인식인지도 모른다.

2) 문명의 자정(自淨)을 꿈꾸며

그러나 이러한 문명과 삶 자체에 대한 비관적인 현실 인식에도 불구하고 『길손』에는 허무와 절망의 바닥으로 부터 애써 고개를 들어 자연과 인생과 자라나는 새 세대에 대한 사랑과 소망과 믿음을 품으려는 희망의 의미층이 있는 것 또한 사실이다. 문명에 갇혀 분노의 수성만 남은 "갇힌 바다"의 절망적인 모습과는 달리(「갇힌 바다」) 「한의 바다」와 같은 시는 바다가 "한"과 "인고의 슬픔"을 품었으되 "무량 깊이의/ 아름다운 인간의 모습"을 보유한 "어머니"의 이미지로 표현되어, 고통을 인내하며 성숙하는 인간 정신에 대한 존경과 자연의 회복력에 대한 믿음이 완전히 사라지지 않았음을 보여준다. 이 시에서 바다는 "인고의 슬픔을 자정(自淨)하며/ 맑게 눈뜰 줄 알고" "꿈과 기다림이/ 배반과 절망으로" 바뀌어도 그 "살이 찢기는 아픔을 달[랠 줄]" 알고, "인간의 하체처럼/ 더러운 욕망을 내장하면서도/ 항시 하늘의 청결을/ 스스로 육화한다." 이것은 곧 "가없는 수렁"(「풍문」)이자 "불치의 아픔"을 앓는(「갇힌 바다」) 현대 문명 속에서도 인간 정신의 갱생력 및 자연의 자정력에 대한 믿음과 희구를 보여주는 것으로서, 「한의 바다」에서 "한의 바다"가 상징하는 인간 정신은 비록 "그 누구의 구원도 거부하고/ 신을 부정"하는 지독한 무신론자 혹은 회의론자일지 모르지만, 그와 동시에 극심한 고통 속에서도 인간으로서의 한계를 정직한 숙명으로 받아들여 나름대로 "신을 두려워하며" 고결한 삶을 살려고 애쓰는 자성적인 견인주의 정신이기도 하다. 그래서 "갈망과 분노를 갈앉히며/ 적막과 외로움을/ 숙명으로 받아들[인]" 화자의 "사랑하는 어머니"를 닮은 "한" 많은, 그러나 "아름다운" 자기 성찰적 정신으로서의 "한의 바다"는 어쩌면 시인이 회복하고자 하는 인간성의 이상인지도 모른다. 즉 시인은 인간과 신과 문명에 대하여 근본적으로 회의하면서도 문명의 자기정화 능력 그리고 궁극적으로 끝내 사라지지 않을 인간 정신의 아름다움과 깊이를 소망처럼 믿고자 하는 것 같다.

그래서 앞서 살펴본 여러 생태주의적인 문명비판 시들이 훼손되고 병든 자연의 모습과 그것이 상징하는 인간정신의 황폐함을 다룬 것과는 달리,「을숙도」와 같은 시는 을숙도라는 낙동강 하중도의 아름다운 모습을 지형적인 특성을 살린 순수와 관능과 풍요의 이미지로 생생하고 충실하게 묘사하여, 회복되어야 할 자연의 한 이상적인 이미지를 제시해준다. 물론, 을숙도의 "한때"의 아름다움은 철저하게 과거시제로 묘사되어 이 시 역시 기억을 모티브로 한『길손』의 많은 다른 시들처럼 근본적으로 문명의 발달이 초래한 '상실'에 대한 엘레지가 되는 것이 사실이다. 그러나 그럼에도 불구하고, "빛나는 모래톱 가득히/ 철새 떼 어지러이 흩어져/ 네 아름다운 소문을/ 자자하게 퍼뜨리고──/ 있었[던]" 영롱한 기억 속 을숙도의 모습은 그저 회고에 머무르는 것이 아니라, 우리가 잃어버렸으되 회복해야 할 어떤 풍요로움을 선연히 그릴 수 있게 한다는 데에 의의가 있다. 이는 『길손』의 여러 시들을 관류하는 화자의 기억 여행이 버려지고 잊혀지고 사라진 것들을 애써 살피고 눈여겨봄으로써, 현대 문명이 되찾아야 할 인간 정신의 고결함과 자연의 숭엄함을 끊임없이 되짚는 역할을 하는 것과 일맥을 이루는 것은 물론이다.

또한 『길손』의 시적 자아는 "모질고 애처롭게 피[어]" "발붙일 곳 쉽지 않은/ 우리 새끼들"인 젊은 세대의 현실을 안타까워하면서도(「캐나다 이민」) 여전히 "축복처럼 빛나고" 있는 어린아이들(「해변에서」) 혹은 "은어 떼처럼 반짝이는" 젊은이들(「여울」) 그리고 "안쓰런 꿈이/ 찬바람에 흔들리고 있는" 자연의 어린 생명(「대춘」)을 애처로운 사랑의 시선으로 그려냄으로써, 문명에 대한 절망과 존재의 실존적 허무에도 불구하고 생명의 경이로움과 아름다움을 부각시키는 의미의 결들을 보여준다. 아이들이 뛰어노는 해변의 모습을 한 폭의 풍경화처럼 그려낸 「해변에서」의 화자는 신과 자연, 그리고 인류와 문명과 지구의 역사를 총체적으로 사유하면서 신의 "풀길 없는 메시지"의 "눈먼 모래바람"으로 인류가 나아가는 방향이 막막한 것을 인정하지만, 생명의 어머니인 바다의 해변 모래밭에서 "무구한 어린 것들 위에/ 아직도 말간 하늘과 햇빛이/ 축복처럼 빛나고 있[음]"을 보는 간절한 희망의 시선을 드러낸다. 이들 자라나는 새로운 생명들과 새 세대들이 있기에, 비록 암울한 전망에도 불구하고,『길손』의 시 세계에서 "반딧불이"(「반딧불이」)처럼 밝아오는 시적 자아의 기억들은 한낱 과거가 아니라, 화려하지는 않지만 소망처럼 불 밝히는 미래를 향한 꿈의 의미층을 지닐 수 있다. 맑은 공기 속에서만 살 수 있다는 "반딧불이"는 오늘날 문명과 우리 사회 속에 상실된 삶의 영역을 상징할 뿐 아니라, 회복되어야 할 지구의 자연 환경과 자연의 숭엄함 그리고 인간다운 삶의 가치와 조건 등 현 문명이 나아가야 할 방향을 함축하기 때문이다. 이러한 방향성이 곧 상업자본주의 기술문명의 발달 속에 버림받고 잃어버린 것들을 되짚는 『길손』의 목소리에 담긴 궁극적인 추동력일 것이며 현대 문명과 우리 사회의 새로운 자정과 회복의 방향을 더듬어 모색하려는 시인의 작업의 내적 동기라고 할 수 있을 것이다.

『길손』에서 손경하 시인은 지난 세월의 크고 작은 개인적·사회역사적 기억들을 참조체계로 하여 인생의 '갓길'로 밀려난 듯한 노년의 현재를 그려내고, 그 '갓길'을 현대 문명에 대한 총체적 비판의 거리와 시선을 확보하는 지점으로 삼았다. 그러므로 잃어버린 것들, 낡아버린 것들, 기억 속에 희미해진 것들에 주목하는 이 시집의 시선은 시간의 힘에 저항하는 기억의 분투이면서, 동시에 현대 상업자본주의 물질문명의 일방통행이 초래하는 상실에 저항하

려는 인식의 바리케이드이기도 하다. 특히,『길손』의 시적
자아가 주목하는 여러 상실과 변화와 부재의 이미지들은
해방 후 경제적 고속성장을 모토로 달려온 우리의 역사가
비효율의 영역으로 치부하고 기꺼이 내다 버린 인간성의
아름답고 숭고하고 진실된 영역들의 자취와 흔적을 상징
하는 것들이기도 하다. 그래서 '기억' 모티브를 중심으로
한 이 시집에서 노년의 위치로서의 '갓길'은 창조적인 주
변부로서의 적극적인 의의를 지닌다고 하겠다. 이러한『길
손』의 시들은 어떤 면에서는 고령화 시대의 많은 노년층
독자들에게 더 호소력 있게 읽힐지 모르지만, 궁극적으로
기법적 실험이 시의 가독성을 압도하면 안 된다는 신조를
고수해온 시인의 시학적 온건함에 힘입어, 이 시집이 다루
는 기억과 정서에 친숙하지 않은 다양한 세대의 독자들도
나이와 경험의 한계를 넘어 우리 사회의 현재를 비추는 참
조점으로 노년의 시선과 기억여행에 동참하는 것이 결코
어렵지 않으리라고 생각한다.

　미국 시인 윌리엄 카를로스 윌리엄스가 늙음과 기억에
대하여 쓴 시「내리막」에 의하면, "기억이란 일종의/ 성취/
모종의 쇄신/ 심지어/ 하나의 입문"이고, "그것이 문 여는
공간들은/ 여지껏 깨닫지 못한/ 새로운 종류의/ 온갖 것
들이 사는 곳"이며 과거의 기억 속으로 들어가는 행위는
나이 들어가며 포기했던 많은 것들을 "새로운 목표"로 추
구하는 계기가 될 수 있다고 한다. 즉 노년은 청춘의 정점

을 한참 지난 "내리막"일지 모르지만 그 하강에는 "기억"을 통한 재창조와 그로 인한 "새로운 목표"와 "성취"가 가능하다는 것이다. 팔십 대 중반의 손경하 시인의 『길손』에 나타난 기억 여행 역시 현재 속에 개입하는 과거의 기억과 상실의 영역을 적극적으로 조명하여, 있음과 없음이 공존하는 "새로운" "온갖 것들이 사는" 세계를 재현함으로써 우리 사회와 현대 문명이 효용의 이름으로 버려온, 쓸모없어 보일지 모르나 우리를 인간답게 만드는 영역들의 자취를 더듬어보게 하고, 그럼으로써 독자에게나 시인 자신에게 "새로운 목표"를 가진 삶의 형태를 향하여 창조적인 문을 여는 여행이 될 수 있으리라고 믿는다.

그대 홀가분한 길손으로

초판 1쇄 발행 2015년 8월 24일

지은이 손경하
펴낸이 강수걸
편집장 권경옥
편집 양아름 문호영 정선재
디자인 권문경 박지민
펴낸곳 산지니
등록 2005년 2월 7일 제14-49호
주소 부산광역시 연제구 법원남로15번길 26 위너스빌딩 203호
전화 051-504-7070 | 팩스 051-507-7543
홈페이지 www.sanzinibook.com
전자우편 sanzini@sanzinibook.com
블로그 http://sanzinibook.tistory.com

©손경하
ISBN 978-89-6545-311-6 03810